文津书馆

李乔 著

读鲁迅

北京出版集团

文津出版社

李乔

1982 年毕业于中国人民大学历史系,《北京日报》原编委、理论部主任,韬奋新闻奖获得者。著有史论集《历史的人证》,学术著作《行业神崇拜——中国民众造神史研究》,历史读物《中国师爷小史》《大清衙门》《会馆史略》,书评集《书旅》,随笔集《今古咫尺间》《阿 Q 的祖宗》《文史拾荒》等。

目录

自　序

　　我不是鲁迅研究者，只是个鲁迅作品的阅读者。我囫囵吞枣地通读过《鲁迅全集》，也细读过鲁迅的某些小说和杂文，还模仿鲁迅杂文写过一些杂文随笔，我也研究过关于鲁迅的一些零星的学术问题。我把二十年来写的读鲁迅作品和关于鲁迅思想生平的文章聚拢起来，就成了这本小书。

　　我最初是怎么知道鲁迅先生并读起他的书呢？有这么几个因缘。我的中学时代是在"文化大革命"中度过的，那时没有什么书读，连物理课也改成了"工农业基础知识"，但语录满天飞，除了毛主席语录，还有副统帅语录和鲁迅语录。我们班有个女同学，叫陆符玲，手里常拿着一本黑塑料皮的鲁迅语录，有时读一读。我无意中看到了这本书，而这，就成了我平生第一次接触鲁迅，并由这本语录知道了鲁迅是个了不起的人物，他的话居然可以和毛主席语录并列。我的班主任叫董志德，有一次我到他的办公室，看到桌上放着一帧鲁迅的像，就是常见的那张容貌冷峻戴围巾的木刻像，象的侧面是两句鲁迅的诗："横眉冷对千夫指，俯首甘为孺子牛"。这是我平生第一次看到鲁迅的模样和他的作品。后来董老师给我们讲了一篇鲁迅的杂文《"友邦惊诧"论》，这是我第一次知道了什么叫杂文，什么叫战斗性。以上就是我的关于鲁迅先生的启蒙史。

在人大上学时，李文海教授告诉同学们，一定要读鲁迅和《红楼梦》，这终生受用。李教授的话我一直记着。我通读《鲁迅全集》，就是在李教授的启发下读的。李教授是带我入研读鲁迅之门的引路人。

1983年我到北京日报理论部工作，主任李志坚同志让我负责编辑杂文栏目。这个工作，使我离鲁迅更近了，因为鲁迅是杂文这一文体的祖师，杂文作者都是宗鲁迅的，我编辑杂文，当然更以鲁迅为导师。

后来，杂文栏发展为《北京杂文》版，当然也是以鲁迅为旗帜的。我一边编杂文，一边也学着写杂文，写随笔，慢慢地入门了，后来出版了几本小集子。我自认是鲁迅的追随者，鲁迅杂文的学习者。当然，没有学好。

鲁迅的文章，对我的写作影响很大。收到这本集子里的《瓜葛》《阿Q的祖宗》《〈论"他妈的"〉之余论》《鲁迅先生的忠告》等文章，都是受鲁迅杂文的影响写成的。这些文章不是研究鲁迅之作，而是读鲁迅文章之后的杂感。

这个集子里，有几篇是研究《阿Q正传》或是借《阿Q正传》为话题的文章。水平自然都是不高的，但表达了我对《阿Q正传》这篇小说的喜爱。这篇小说写得实在太好了，简直神了。从这篇小说中，可以引出无数话题做文章，可以开通无数思路想问题。

我大学念的是历史系，一生喜欢读史，特别是喜读社会史，这对我从社会史角度研读鲁迅很有帮助。我出过一本研究绍兴师爷的小册子，所以写出了《鲁迅与绍兴师爷》一文；我写过一部《行业神崇拜》，所以写出了《穆神庙是什么庙》。此二文都收进了这本书中。

对于农民起义人物，在"左"风之下，是不允许批评的。但鲁迅的臧否历史人物，却只遵从实事求是的原则。他对明末农民领袖张献忠的滥杀无辜，完全持强烈批判的态度；他所批判的，实际是已经变质了的张献忠。《鲁迅评张献忠》一文，几乎把鲁迅论张献忠的文字都收集齐全了，从中可以看出鲁迅对张献忠的全面的看法。

孙犁先生是著名作家，又是鲁迅的崇敬者，他写的许多文章都提到过鲁迅，还为普及鲁迅专门写过小册子。我崇敬孙犁。我崇敬鲁迅是受过孙犁的影响的。我很注意孙犁谈鲁迅的文章，所以写成了一篇《孙犁：按照鲁迅的书账买书》。

鲁迅经常批评"国民劣根性"，意在改善，在前进。但有人嫌鲁迅说中国人的坏话多了。我认为鲁迅是对的。我写的《〈阿Q正传〉所见国民劣根性笺说》一文，集中谈了鲁迅批评国民劣根性的问题，意在让读者了解鲁迅改造国民性的珍贵思想。"阿Q精神在国人的灵魂里"，这话今天又何尝不适用呢？

《为鲁迅的两个怨敌说些好话》一文，是为顾颉刚和杨荫榆说好话的。我写此文的目的，是想纠正一个习惯，就是人们常习惯性地认为鲁迅批评过的人都是坏人或不咋地，好像一受到鲁迅批评就一无可取了。这种思维显然是不对的，是形而上学的，是肤浅幼稚的。

这本书是我多年读鲁迅的一点收获，所以就取了《读鲁迅》这个书名。读鲁迅，既是读他的书，又是读他的人。鲁迅的书是大海，浩瀚无垠，鲁迅的人是高山，雄伟壮丽，都是读不完、说不尽的。毛泽东提倡读鲁迅，曾发过一条指示"读点鲁迅"，我就是名副其实地读了一点点。但就是这一点点，也让我受益无穷。这本小书是我读鲁迅的一个小结。读鲁迅，我是要永远读下去的。

是为序。

李乔

2020年10月1日

从"鲁迅有点帅"说起

——熟人笔下的鲁迅外貌

最近在《北京日报》上看到一篇文章，上面有一句话——"鲁迅有点帅"，觉得很有趣；又在网上查到一句类似的话，说鲁迅是个"身高不足一米六的帅呆酷毙的一代男神"。在我看来，这些美好的赞誉，鲁迅是配得上的。但我也知道，这些赞誉并不是写实的，而是崇敬鲁迅的人们心里的一种感觉，一种因景仰而生的美好印象。就是说，用"帅"用"酷"来概括鲁迅的实际外貌，虽不大合辙却是不为无由的。

说起鲁迅的外貌，一般人最先想到的，恐怕是"横眉冷对"四个字，好像鲁迅总是一副严肃冷峻的样子。这可能是人们从习见的鲁迅照片和塑像，还有那句有名的"横眉冷对千夫指"得来的印象。其实，鲁迅并非总是冷峻的样子，他的外貌也不是一两句话能概括得了的。

对于鲁迅的外貌，最熟悉的人，当然是鲁迅的亲人、好友、学生，还有其他见过鲁迅的人，他们对于鲁迅外貌的描述，是最准确的。

鲁迅像

一、举动言笑显露仁爱与刚强

年轻时的鲁迅的外貌，以鲁迅的挚友、作家许寿裳的描述最为真切、细致。他记鲁迅在日本仙台学医时的样子说："鲁迅的身材并不见高，额角开展，颧骨微高，双目澄清如水精，其光炯炯而带着幽郁，一望而知为悲悯善感的人。两臂矫健，时时屏气曲举，自己用手抚摩着；脚步轻快而有力，一望而知为神经质的人。赤足时，常常盯住自己的脚背，自言脚背特别高，会不会是受着母亲小足的遗传呢？总之，他的举动言笑，几乎没有一件不显露着仁爱和刚强。"（许寿裳《亡友鲁迅印象记·仙台学医》）鲁迅的身高、面容、举止，都写到了，还把鲁迅的外貌与他的品格性情相联系，使我们看到了青年鲁迅的极具魅力的风神。语云："诚于中而形于外。"正因为鲁迅的内心是"悲悯善感""仁爱和刚强"的，所以才在他的眼神和举动言笑中透露出来。

鲁迅留学日本时，有一年暑假回到故乡探亲，周建人在《鲁迅故家的败落》一书里说到了那时鲁迅的外貌："大哥到家的那天，我正好在家里，我只看见一个外国人，从黄门熟门熟路地进来，短头发，一身旅行装束，脚穿高帮皮靴，裤脚紧扣，背着背包，拎着行李，精神饱满，生机勃勃，我仔细一看，原来是我的大哥呀！"（湖南人民出版社，1984年版）这时的鲁迅，二十来岁，正是生机勃勃的年龄，他的装束充满年轻人的朝气，原有的辫子，在留学期间剪掉了，更显出精神饱满的样子。

二、并不伟大的样儿

作家曹聚仁也是鲁迅的挚友，他在名作《鲁迅评传》（东方出版中心，1999年版）里几次提到鲁迅的外貌。他说："鲁迅的样儿，看起来并不怎样伟大，有几件小事可以证明。"（曹聚仁《鲁迅评传·印象记》）姑录三件事。

1. 有一回鲁迅碰到一个人，那人贸贸然问道："那种特货是哪儿买的？"特货指鸦片，那人看鲁迅有点像吸鸦片的，便那样问鲁迅。曹聚仁是这样解释这件事的："他（鲁迅）的脸庞很消瘦，看起来好似烟鬼，所以会有这样有趣的误会。"（同上）曹聚仁又说："他那副鸦片烟鬼样子，那袭暗淡的长衫，十足的中国书生的外貌，谁知道他的头脑，却是最冷静，受过现代思想的洗礼的。"（曹聚仁《鲁迅评传·引言》）曹聚仁并不讳言鲁迅的面庞有时像个烟鬼，对鲁迅穿着一袭长衫的样子，也中肯地说这是传统书生的模样。但他明白地告诉读者，这位穿长衫、像烟鬼的先生，可是一位头脑冷静、思想新锐的思想家呀！

2. 文字学家马幼渔的女儿马珏，看到来家做客的鲁迅是这般模样：一个瘦瘦的人，脸也不漂亮，不是分头，也不是平头，穿一件灰青长衫，一双破皮鞋，又老又呆板。她觉得很奇怪，说："鲁迅先生，我倒想不到是这么一个不爱收拾的人！他手里老拿着烟卷，好像脑筋里时时刻刻在那儿想什么似的。"（曹聚仁《鲁迅评传·印象记》）从马珏的所见，我们看到了一个完全不讲究穿戴，有些苍老和总在思考问题的鲁迅。曹聚仁解释说："那时，鲁迅还不到五十岁，却已显得十分衰老了。"女孩马珏虽有些看不上鲁迅的外表，却能看出鲁迅总是在思考问题，眼力还是不错的。

3. 有一位叫阿累的上海英商汽车公司售票员，在内山书店看到了鲁迅后描述说："他的面孔是黄里带白，瘦得教人担心，好像大病新愈的人，但是精神很好，没有一点颓唐的样子。头发约莫一寸长，原是瓦片头，显然好久没有剪了，却一根一根精神抖擞地直竖着。胡须很打眼，好像浓墨写的隶体'一'字。"（曹聚仁《鲁迅评传·印象记》）这个售票员很会写人的外貌，把鲁迅描述得非常生动传神，特别是写鲁迅的头发和胡子，真是写得好。他抓住了鲁迅外貌的一大特点：虽然身体不够结实，但精神总是昂扬的。

三、"囚首垢面而谈诗书"

鲁迅的夫人许广平也写过鲁迅的外貌，且写得比较多，比较详细。她投考北京女子高等师范学校后，成了鲁迅的学生，对于鲁迅的外貌，她最初的印象有两点最深，一是鲁迅的头发，一是鲁迅衣服上的补丁。"大约有两寸长的头发，粗而且硬，笔挺地竖立着，真当得'怒发冲冠'的一个'冲'字"；"褪色的暗绿夹袍，褪色的黑马褂，差不多打成一片。手臂上衣身上的补钉则炫着异样的新鲜色彩，好似特制的花纹。皮鞋的四周也满是补钉。人又鹘落，常从讲坛跳上跳下，因此，两膝盖的大补钉，也掩盖不住了。……那补钉呢，就是黑夜的星星，特别熠耀人眼。"（曹聚仁《鲁迅评传·他的家族》）鲁迅的头发，我们在一些照片和雕塑上都看到了，但不如许广平的描述留给人的印象深刻。鲁迅的衣服，如果不是许广平披露这些情况，谁会想到鲁迅会朴素到如此地步呢，简直是有些寒酸了，那还是鲁迅讲课时穿的服装呢。许广平还说过，鲁迅不重衣着，书弄脏了，会用衣袖去揩拭。"衣服他是绝对要穿布制的，破的补一大块也一样地穿出来。"（许广平《关于鲁迅的生活》）

许广平还说："'囚首垢面而谈诗书'，这是古人的一句成语，拿来转赠给鲁迅先生，是很恰当的。我推测他的所以'囚首垢面'，不是故意惊世骇俗，老实说，还是浮奢之风，不期引起他的不重皮相，不以外貌评衡一般事态，对人如此，对自己也一样。"（许广平《欣慰的纪念·鲁迅先生的日常生活》）对于鲁迅的"囚首垢面"，曾邀请鲁迅到北平师范大学讲演的北方"左联"成员王志之，曾说过这样的话："我只恍惚感到当前坐着那位老头子（指鲁迅）灰黑色的头发是那样凌乱，好像刚从牢里放出来……"从牢里放出来的人当然是"囚首垢面"，王志之的感觉与许广平说的差不多。

但我想，鲁迅也不会每时每刻都像囚犯那般糟糕的模样，不过是有些时候因不修边幅而显得过于凌乱不整罢了。曹聚仁看了许广平的形容，点评说，从"囚首垢面"的形容，"容易联想到那位对桓温扪虱而谈的王猛，鲁迅却没有寒伧到这么程度……"（曹聚仁《鲁迅评传·日常生活》）这是拿魏晋人物与鲁迅来比照——鲁迅的"囚首垢面"绝没有到捉虱子的程度。鲁迅的友人川岛在《鲁迅先生生活琐记》一文里也说："他（鲁迅）不怎么理发，然而自己修胡子，并不囚首垢面。"曹聚仁和川岛的话，可证所谓鲁迅的"囚首垢面"，多少还是有一点夸张成分的。

鲁迅有个学生叫陈梦韶的说，鲁迅差不多半年才理一次发，头发乱时像"棘球"似的。这大概就是"囚首垢面"之说的起因吧。按照许广平的说法，鲁迅的"囚首垢面"，是他鉴于浮奢之风，鉴于以外貌衡人的风气，便更不愿意修饰外表，而愿意以自然状态示人。

许广平还在《鲁迅回忆录手稿本·鲁迅的讲演与讲课》中描述过鲁迅的外貌，说鲁迅是一个平凡的人，如果走到大街上，绝不会引起人们的注意。论面貌、身段、衣冠等，都不会吸引人。至多被人扫一眼，留下淡漠的印象：在旧时代里一个腐迂、寒伧的人；一位行不惊人的刚从乡下来到城市的人。（长江文艺出版社，2010年版）从许广平的这段描述中可以看出，鲁迅不仅是个貌不惊人的人，还是个极不会引起人们注意的人，甚至像是一个寒伧的乡下人。但就是这样的一个人，却是"带领大家奔走向前的战士"。（许广平语）

四、有光风霁月之概

鲁迅的老友、作家林语堂在《忆鲁迅》一文中记述鲁迅的外貌说："平常身穿白短衫、布鞋，头发剪平，浓厚的黑胡子，粗硬盖满了上唇。一口牙齿，给香烟熏得暗黄。衣冠是不整的，永远没看过他穿西装。颧高，脸瘦，一头黑发黑胡子，看来就像望平街一位平常烟客。许女士爱他，是爱他的思想文字，绝不会爱他那副骨相。"（原载《无所不谈合集·林语堂自传附记》）林语堂不愧是著名作家，文字不多，却写得相当细致精到，写到了鲁迅的头发、胡子、颧骨、面庞、牙、唇，写到了衣裳和鞋，写到了鲁迅不爱穿西装，写到了鲁迅的面容像个瘾君子。但他说许广平对鲁迅的爱不包括外貌，恐怕不全是事实。

民俗学家钟敬文曾写过他初次见到鲁迅的印象："鲁迅先生，他穿着一领灰黑色的粗布长衫，脚上着的是绿面树胶底的陈嘉庚（？）的运动鞋。面部消瘦而苍黄，须颇粗黑，口上含着支掉了半段的香烟。态度从容舒缓，虽不露笑脸，但却自然可亲，大不像他老人家手写的文章那样老辣。"（钟敬文编《鲁迅在广东》）钟敬文对鲁迅的鞋可能没记准确，我从另一位先生的回忆录中看到，鲁迅穿的鞋应是"珠帆布造的陈嘉庚式胶底布鞋"。钟敬文对鲁迅表情的描述，让我们知道了鲁迅不笑时也是自然可亲的，并非总是一脸严峻的样子。

鲁迅很健谈，谈话极有魅力。许寿裳说，和鲁迅"随便聊天，也可见其胸怀磊落，机智疾流，有光风霁月之概"。（许寿裳《亡友鲁迅印象记·日常生活》）鲁迅的学生李霁野说："从他的脸上可以看出他所经历的人生经验是何等深刻，他谈话时的两眼显然表示着他的观察是何等周密和敏锐，听到不以为然的事时，他的眉头一皱，从这你也不难看出他能感到怎样的悲愤。"（许寿裳《亡友鲁迅印象记·日常生活》）从一个人的表情，常能看出其心理和性情，特别是眼睛这个"心灵的窗户"，更能反映出一个人的气质和内心。李霁野从鲁迅的表情和眼神中，看出了鲁迅是个饱历沧桑和极富观察力的人；还告诉我们，鲁迅对于不平之事，常会悲愤得溢于面容。

五、有魅力的笑

对于鲁迅面容的严峻和笑，许广平说过这样一些话："（鲁迅先生）论争时严峻，平时则较温和。""就是对敌人说话也不都是气冲冲的，他的笔调很凶，见了人并不那样。""鲁迅先生给一般人的印象是严峻，但对他平时待人很诚恳、开朗的一面不应忽视，尤以对青年是革命的爱，经常爽朗地大笑。"（许广平《鲁迅回忆录》手稿本）我们不能光看到某些鲁迅塑像，好像鲁迅总是严峻的样子，其实即使是对敌人，他也并不一定总是严峻的面容。许广平特地提醒我们，不要忘了鲁迅开朗的面容和大笑的样子。

关于鲁迅的笑，据鲁迅的熟人回忆，鲁迅平时一般比较严肃，脸上没有什么表情，但也爱笑，爱讲笑话，幽默的话很多。他讲笑话时，别人听了笑，他自己却不笑。作家萧红回忆说："鲁迅先生的笑声是朗朗的，是从心里的喜欢，若有人说了什么可笑的话，鲁迅先生笑得连烟卷都拿不住了，常常是笑得咳嗽起来。"（《回忆鲁迅先生》）我们仿佛看到了鲁迅开怀大笑的模样，那该是多么感染人的笑。林语堂说：鲁迅"批评死对头得意起来，往往大笑出声"。这是横眉冷对之后的笑，是鲁迅自信胜利了的笑声。许广平在《鲁迅的讲演与讲课》一文中说：鲁迅"讲到精彩的时候大家都笑了。有时他并不发笑，这样很快就讲下去了。到真个令人压抑不住了，从心底内引起共鸣的时候，他也会破颜一笑，那是青年们的欢笑使他忘却了人世的许多哀愁"。（许广平《我与鲁迅》，江苏凤凰文艺出版社，2019年版）青年们听鲁迅的课引起共鸣而发笑的时候，鲁迅也为这笑声而笑，这是师生共鸣的笑，是双方心意汇合的笑。鲁迅也是有哀愁的，但青年们的笑能让鲁迅开心。

但鲁迅讲笑话与常人有所不同，多含有一些思想意义。作家李霁野说："（鲁迅）笑话是常有的，但却不是令人笑笑开心的笑话，那里面总隐藏着严肃和讽刺，他的谈锋和笔锋一样，随时有一针见血的地方，使听者觉得这是痛快不过的谈吐。"（许寿裳《亡友鲁迅印象记·日常生活》）笑话通常不和严肃并行，但鲁迅讲的笑话却常含着严肃和讽刺，含着某种政治意义或思想意义。因为鲁迅是思想家，所以他讲的笑话便常成了表达某种思想观点的材料。

六、"受伤的狼"与"美少年"

鲁迅病重时是什么样子？鲁迅的日本友人增田涉在《鲁迅的印象·鲁迅在病中的状貌和心情》一文中写道："从昭和六年分别以来，隔了五年重见时，他已经是躺在病床上的人，风貌变得非常险峻，神气是凛冽的，尽管是非常战斗的，却显得很可怜，像'受伤的狼'的样子了。"这年是1936年，是鲁迅病情转重到去世的年头。这时鲁迅的外貌，已诚如增田涉所说，可谓"险峻"和"凛冽"了，但仍是"战斗的"；实际上也就是一脸病容，一身病样，呈危殆状态，而又用力支撑病体，坚强抗争的样子，比喻为"受伤的狼"，是恰切的。

女作家白薇在读了鲁迅的文章后，想象鲁迅该是个矫健和俏皮的男子，便去问作家郁达夫，郁达夫答道："鲁迅是中国唯一的美少年。"是少年，且俊

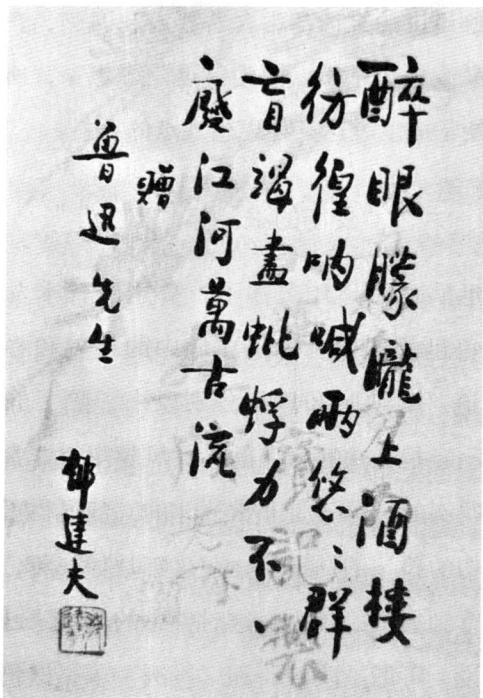

郁达夫赠鲁迅诗手迹

美，还是唯一的，这是郁达夫对鲁迅的美好赞誉。这种赞誉，与说鲁迅"有点帅""是男神"是一样的，都是脱离开鲁迅的具体样貌，而对鲁迅加以艺术性美化的结果。但这种美化，却给人一种"并不虚假"的感觉——鲁迅就是帅，就是中国唯一的美少年。这种感觉，来源于对鲁迅的高度崇敬和爱戴。

鲁迅对自己的外貌是怎么评价的？目前只看到两条材料，一是他曾调侃自己不如以前好看了；二是英国作家萧伯纳来华与鲁迅会面时，曾称赞鲁迅：你是中国的高尔基，但你比高尔基漂亮。鲁迅回答萧伯纳："我更老时，将来还会更漂亮的。"（《再读鲁迅——鲁迅私下谈话录》，时代文艺出版社，2005年版）这句答话，既是鲁迅的自信，也含着一点开玩笑的味道，表现出鲁迅的机智和幽默。

容貌的美丑度，现在改叫颜值了，鲁迅的颜值，他的整个外貌，在我看来，绝对是一等一美好的，若用概括的话来说，就是：他是一个矮个子的漂亮的伟丈夫。

鲁迅谦逊品格新谈

常说鲁迅很谦逊，但要举例子，在网上却查不到什么，大多是举鲁迅说过的一句话："哪里有天才，我是把别人喝咖啡的工夫都用在工作上了。"我想，鲁迅的谦逊，当然不止表现在这一句话上，还会有其他的言行。于是我翻查了一下鲁迅书信集和其他鲁迅资料，果真找到好几个鲁迅具有谦逊品格的好例子。有的例子是鲜为人知的。

鲁迅说他不值得有传记。他在给李霁野的一封信里说："我是不写自传也不热心于别人给我作传的，因为一生太平凡，倘使这样的也可作传，那么，中国一下子可以有四万万部传记，真将塞破图书馆。"

（《书信·致李霁野》）他又与老友许寿裳说过，章太炎和蔡元培的传都可以写，"至于我自己就不必写了"。鲁迅是多么杰出和伟大的人物啊，他给了我们民族多么大的精神力量，但却谦逊地说自己一生太平凡。那么我想说，倘使鲁迅太平凡不配作传，那么还有谁不平凡呢？还有谁配作传呢？图书馆里还会有传记吗？

鲁迅自我评价低调谦逊，说自己不如高尔基。他在给萧军的一封信里说："我大约也还是一个破落户，不过思想较新，也时常想到别人和将来，因此也比较的不十分自私自利而已。至于高尔基，那是伟大的，我看无人可比。"（《书信·致萧军》）这些话低调而实在，虽也说了一点自己的优长，但所谓"不十分自私自利而已"的自评却甚为苛刻，而在这话的下面，他还画上了着重号。他说高尔基无人可比，也就是说自己不如高尔基，实际上，鲁迅在很多方面是远超高尔基的，这一点可以写成一篇长篇论文。

鲁迅说自己写文章并不轻松，并非"文章天才"。在《〈阿Q正传〉的成因》一文里，他说："我常常说，我的文章不是涌出来的，是挤出来的。

听的人往往误解为谦逊，其实是实情。"（《华盖集续编·续编的续编》）"涌出来的"是说文思泉涌，文章来得快，写得容易。"挤出来的"，大抵是说写文章并不轻松；或谓文章是编辑督催出来的。难道鲁迅的文章不是"涌出来的"吗？我也猜测这是鲁迅谦逊。但鲁迅说这就是实情。我想，实情是实情，但也有谦逊的成分在。总之，鲁迅是不承认自己是"文章天才"的，而真是把别人喝咖啡的工夫都用在写作上了。

鲁迅还在给赖少麒的一封信里说："文章应该怎样做，我说不出来，因为自己的作文，是由于多看和练习，此外并无心得或方法的。"（《书信·致赖少麒》）这也是说自己并非"文章天才"，也没有什么写作秘诀，而只是靠了多看和练习，才写出文章来的。这说的也是实情，但也有谦逊的成分。别人也多看，也多练习，怎么就写不出鲁迅水平的雄文呢？

鲁迅说，"我的学问并不好"。他在砖塔胡同居住时，邻居俞芳女士曾赞扬鲁迅的学问好，鲁迅回答说："你怎么知道我的学问好……听别人说是靠不住的。老实告诉你，我的学问并不好，我写的文章，常要挨人骂的。"（《再读鲁迅·鲁迅私下谈话录》，时代文艺出版社，2005年版）这是鲁迅谦虚。当时的鲁迅，学问积累已十分厚实，所撰写的学术名著《中国小说史略》取材博而选材精，唯王国维、陈寅恪可与之相并，是当之无愧的学问家。他的学问还表现在他的杂文随笔和演讲授课中。今天若总算一下鲁迅一生的学术成绩，就更可以看出他作为学问家的本色。鲁迅的学术著作虽然数量不多，但都是精品，而且就他的学术观点的深刻性、研究方法的独特性而言，很少有人能超过他。

鲁迅谦称自己关于中国文字史的文章是门外汉的话。《且介亭杂文》中有著名的《门外文谈》一文，这题目中的"门外"二字，一是指此文是"门外乘凉的漫谈"；一是含有自谦之意，意思是门外汉的话。（许寿裳《亡友鲁迅印象记·杂谈著作》）其实，鲁迅此文的专业性很强，论述了文字的起源、发展和变革，观点精辟，完全是"门内文谈"，而绝非门外汉的话。自然，鲁迅所说的"门外"只是一种谦辞，谓自己水平不高，不是真说自己所讲的都是外行话。

鲁迅无意成为诗人，但他的诗特别是旧体诗写得相当好，同时他又十分谦逊，说自己的诗并不好。他在写给杨霁云的一封信中说："来信于我的诗，奖誉太过。其实我于旧诗素未研究，胡说八道而已。我以为一切好诗，到唐已被做完，此后倘非能翻出如来掌心之'齐天大圣'，大可不必动手，然而言行不能一致，有时也诌几句，自省殊亦可笑。"（《书信·致杨霁云》）鲁迅用了"胡说八道"和"诌"来谦评自己的诗，又说自己是"可笑"的，真是谦虚极了。但实际上他的许多诗超尘拔俗，有一种苍凉、遒劲、雄浑的美感，足令人吟味再三。

鲁迅说自己不配获诺贝尔文学奖。关于鲁迅推辞诺贝尔文学奖一事，学术界有人认为没那么一回事，只是传闻而已，实则确有此事。且看鲁迅写给台静农的一封信里的话："诺贝尔奖金，梁启超自然不配，我也不配，要拿这钱，还欠努力。世界上比我好的作家何限，他们得不到。你看我译的那本《小约翰》，我哪里做得出来，然而这作者就没有得到。"（《书信·致台静农》）说得是那样真诚恳切，字里行间洋溢着谦逊的气息。但鲁迅推辞这个奖又不仅仅是因为谦逊，他在这封信里又写道：倘因自己是黄皮肤的中国人而得到优待从宽，"反足以长中国人的虚荣心，以为真可与别国大作家比肩了，结果将很坏"。鲁迅的目光是深邃辽远的，他想的是怎样有利于培育中华民族优良的国民性，而不能让国人因自己获奖而产生盲目自大的虚荣心。

鲁迅对自己的要求一贯极高，所以他的谦逊，绝不是假谦逊，而是实实在在的毫无伪饰的谦逊，这是鲁迅的真性情，真人格。

水避高趋下，乃是一种谦卑之德；上善若水，鲁迅的谦逊就是一种如水般的美德。

起个"颠扑不破的诨名"不容易

——鲁迅与绰号

鲁迅与绰号,这是个有意思也有意义的话题。

绰号,也叫诨名、诨号、外号,也是一种人名,是一种别名。从民俗学上说,它是一种民俗事象,从文学上说,它可归入俗文学创作。绰号,有高明与不高明之分,善意与恶意之分,褒义与贬义之分,文雅与粗俗之分。绰号是一种值得研究的文化现象。

历史名人的绰号,乃其史迹之一,在某种程度上反映了其性格和风貌的某一侧面。有的历史人物绰号颇多,或是爱给别人起绰号,这就形成了人物与绰号的一些瓜葛。鲁迅就是一位绰号颇多,也爱给别人起绰号的人物。从这些绰号中，颇能看出鲁迅的一些性格、风貌和他与一些人的某种关系。鲁迅是一位很重视绰号的文学价值的作家，他在小说中创作了许多生动有趣、内涵丰厚的人物绰号。

鲁迅的绰号

鲁迅一生的名字很多，原名周樟寿，后改为周树人，字豫山，后改为豫才，笔名尤多，"鲁迅"是影响最广泛的笔名；此外，鲁迅还有一些绰号，这算是一种别名。

鲁迅最早的绰号是"胡羊尾巴"。这是他幼年时邻居给起的，意思是矮小灵活，聪明调皮。"胡羊"就是绵羊，绵羊的尾巴短而圆，晃起来很有趣，"胡羊尾巴"是绍兴方言，比喻小孩子聪明、调皮、活泼。有篇回忆文章说，一次大人打牌，拿樟寿（小鲁迅）逗趣，问他："你愿意谁输谁赢呀？"樟寿应声答道："我希望大伙一起赢！"引得众人夸赞："这孩子真是个'胡羊尾巴'，又聪明又善良。"俗话说，从小看大，从鲁迅小时候这个"胡羊尾巴"绰号，就可以看出他很早就具备善良、智慧和机警等特点。

鲁迅曾被小伙伴取过一个"雨伞"的绰号。鲁迅原来字"豫山"，后改为"豫才"，为什么改？就因为"豫山"被叫成了谐音的"雨伞"。小鲁迅的自尊心很强，不喜欢让人"雨伞""雨伞"地叫，便向父亲提议将"豫山"改为"豫才"，父亲觉得不错，就改叫"豫才"了。从这件事看出，鲁迅很早就萌生了一种凛然难犯的气质，为了不被人取笑，宁愿改名。

　　鲁迅有个笔名叫"何家干"，他在《申报》副刊《自由谈》上首次发表的杂文《"逃"的合理化》和《观斗》，用的就是"何家干"。这个笔名大抵脱胎于他小时候的一个绰号。十二三岁的时候，鲁迅在三味书屋随寿镜吾先生读书，同时帮助家里干活，不仅干农活，还去当铺典当物品，帮助病重的父亲买药，同学们见他很顾家很能干，就给他起了个"家干"的绰号。这个绰号虽是调侃，却又以夸赞的成分为多。后来鲁迅成了作家，便取了笔名"何家干"。这是个由绰号演变来的笔名，可能是为了纪念少年时的经历。

　　鲁迅在江南水师学堂上学时，同学钱玄同给他起了个绰号，叫"猫头鹰"。钱玄同觉得鲁迅平时不修边幅，不爱说笑，常凝寂静坐，像个兀立枝头的猫头鹰，便送给他了这个绰号。当过北平大学校长的沈君默在《忆鲁迅》一文中对这个绰号解释说："豫才的话不甚多，但是每句都有力量，有时候要笑一两声，他的笑声是很够引人注意的。玄同形容他神似'猫头鹰'，这正是他不言不笑时凝寂的写真。"看来沈君默认为"猫头鹰"这个绰号对描摹鲁迅的神态还是挺贴切的。猫头鹰在西方文化里象征智慧，智慧女神雅典娜的爱鸟就是一只小猫头鹰，然中国民间却因猫头鹰叫声不好听，且喜夜间活动，而将其视为不祥之鸟。但钱玄同起这个绰号，绝不是将鲁迅视为不祥之人，而大约主要是调侃鲁迅的外表不大合群，有点怪异，或许也夹杂了一点欣赏鲁迅爱思考有智慧的成分。总之这个绰号不是嘲讽鲁迅的。

鲁迅在日本留学期间，得了一个绰号"富士山"。缘起是，鲁迅将成群结队的清国留学生盘着辫子戴学生帽，比喻为一座座行走的富士山（鲁迅在回忆性散文《藤野先生》中写了这个情况），同学王立才觉得这个比喻很形象也很有趣，便把"富士山"作为绰号送给了鲁迅。这个绰号没有贬义，多少还含有夸赞鲁迅有创意的意思。鲁迅的民族意识很强，对"金钱鼠尾"的清朝辫子一向反感，他说清国留学生的脑袋像富士山，颇有调侃大清子民的怪模样的意味。留日期间，鲁迅毅然剪掉了自己的辫子，以示与清朝决裂。

剪辫回国后，鲁迅又得了一个与剪辫有关的绰号"假辫子"。鲁迅回国后任绍兴中学堂教员兼监学，当时正值清政府捕杀"乱党"，剪了辫子的人会被视为"乱党"，于是鲁迅便弄了条假辫子，再戴上瓜皮帽来遮掩，一些剪了辫子的同学也纷纷仿效，于是鲁迅便有了"假辫子"的绰号。戴假辫子是自我保护，是向清廷斗争的一种方式。"假辫子"这个绰号，既是对鲁迅的赞扬，也含有点嘲弄清廷的意味。鲁迅后来在小说和杂文中屡屡提及清末剪辫的事，显然与他自己曾经历过剪辫风波有关。"假辫子"这个绰号，实际上是闪烁着一抹清末民族革命的亮色的。

五四运动前，钱玄同、马幼渔等一些鲁迅的文坛朋友给鲁迅起过一个"方老五"的绰号。起因是刘半农常爱说"见到了鲁迅"云云，朋友们便嘲讽他有点像《儒林外史》里那个有点势利的成老爹总爱说"见到了安徽盐商方老五"云云，于是"方老五"便顺势成了鲁迅的绰号，周作人、周建人也便被连及称为"方老六""方老七"。鲁迅在文学上卓有成就，刘半农钦敬之，所以在朋友面前说起鲁迅时，便难免流露一点与之相交的荣耀感，这颇似许多文人的炫耀"我的朋友胡适之"。从"方老五"这个绰号，颇可想见鲁迅当时在文坛上的声望。鲁迅写过一篇短篇小说《端午节》，里面的主人公叫"方玄绰"，是个"披着新衣的旧式文人"。有研究者认为，"方玄绰"之名源于鲁迅的绰号"方老五"。这个说法，似乎多是推想，然可聊备一说。

　　"白象"，是作家林语堂给鲁迅起的一个绰号。许广平说，鲁迅的老朋友林语堂说鲁迅是"一头令人担忧的白象"；又解释说，大象一般都是灰色的，白象很少见、很特别，所以很可贵，也就令人担忧。这种解释有一定道理。然而林语堂本人并没有对这个绰号做过什么解释。林语堂精通英文，在英文里，"白象"是形容一种昂贵却没有大用途，又不能丢弃，保养又很费劲的物品，这种物品当然是令人担忧的。林语堂起"白象"这个绰号，似有一点英文里的意思，但林的用意肯定不是讥讽，而是一个友好的、暗含着一点替鲁迅担忧的意味。这是个雅致和耐人寻味的绰号。

鲁迅还有个绰号叫"鲁疯子"。这是鲁迅任中山大学文学系主任兼教务主任时，许广平给起的。这在鲁许两人的通信集《两地书》中有记载。表面看，这是一个不雅的绰号，但实则是许广平对鲁迅的昵称。一个"疯"字，也许是嗔怪鲁迅把别人喝咖啡的工夫都用于写作的勤奋劲儿，也许是钦敬鲁迅以笔作枪、与恶势力搏战的奋勇劲儿。对于鲁迅的"疯"，鲁迅家人是了解得最深的。鲁迅长孙孔令飞曾讲过一件鲁迅的"疯事儿"，说鲁迅曾在相思树下思念许广平，忽然来了一头猪吃树叶，打扰了他的思绪，于是鲁迅便与这头猪"搏斗"了一番。鲁迅的所谓"疯"，实际是一种执着、一种韧性、一种刚劲、一种天地不怕的胆量。

鲁迅的老师章太炎也有"疯子"的绰号，人称"章疯子"。在《关于太炎先生的二三事》一文中，鲁迅赞扬章太炎与保皇党的斗争"所向披靡，令人神旺"，这正是在赞扬章太炎勇敢、执着的"疯劲儿"。前有"章疯子",后有"鲁疯子",师生二人都是执着、勇敢的革命家。

鲁迅还被人起过一个"拼命三郎"的绰号。1909年,鲁迅在浙江两级师范学堂任教时,因反对学堂监督夏振武的所谓"廉耻教育"而罢教,夏振武等人便给鲁迅起了一个绰号,叫"拼命三郎"。这个绰号并非夸鲁迅是好汉,而是说鲁迅与梁山的匪类一样。鲁迅在一篇杂文中感慨说,旧时锻炼人罪常给人起恶绰号,如讼师要控告张三李四,便称"六臂太岁张三""白额虎李四",县官一看,不问事迹,便知是恶棍。(《华盖集·补白》)又说过,"直到后来的讼师,写状之际,还常常给被告加上一个诨名,以见他原是流氓地痞一类"。(《且介亭杂文二集·五论"文人相轻"——明术》)鲁迅被夏振武叫作"拼命三郎",正与恶讼师叫人"六臂太岁""白额虎"相同,都是用恶绰号罪人。绰号在一定情况下可以变人境遇,这是鲁迅观察社会的一个发现。但鲁迅也认为这个招数效果有限,有时也并不那么灵验。

"绍兴师爷""刀笔师爷",是陈西滢、苏雪林等一向与鲁迅不和的文人送给鲁迅的恶名,这个恶名在那些与鲁迅不睦或结仇的人那里，实际上成了一个绰号或准绰号。苏雪林在一篇批评、挖苦鲁迅的长文《我论鲁迅》中说："鲁迅一辈子运用他那支尖酸刻薄的刀笔，叫别人吃他苦头，我现在也叫这位绍兴师爷吃吃我的苦头。"绍兴师爷，或曰刀笔师爷，在晚清特别是在民国，名声很不好，以致成为以刀笔坑人杀人的坏人的代名词（其实这个代名词并不准确，对绍兴师爷应做全面具体分析才对），所以"绍兴师爷"这个绰号，完全是诽谤性的，是一种诬蔑。鲁迅的笔，确实如匕首投枪，但所针对的是恶势力，是国民劣根性，虽然有时也尖刻，也误伤过好人，但绝非什么害人的绍兴师爷的刀笔。鲁迅对于"绍兴师爷"这个恶名恶绰号，当然是极为反感和气愤的，故在一些文章中做了必要的自我辩诬和反击。

鲁迅给人起的绰号

鲁迅给人起过不少绰号。但关于鲁迅是否经常给人起绰号，也有不同的看法。周作人说，"鲁迅不常给人起诨名。但有时也要起一两个"。（《关于鲁迅三数事·诨名》）鲁迅的好友许寿裳说，"鲁迅对人，多喜欢给予绰号，总是很有趣的"。（许寿裳《亡友鲁迅印象记·杂谈名人》）根据我所看到的材料，许寿裳的说法应该更准确。可以说，鲁迅一生都喜欢给别人起绰号。

鲁迅给别人起的绰号，总是事出有因，有"生活出典"的；一般来说充满善意，没有损人挖苦人之意，即使略带调侃，也不让人反感，有的绰号还让人喜欢，但若是嘲讽自己所厌恶的人，起的绰号则比较刻薄。

鲁迅给人起绰号，可以追溯到他的童年。他曾给三弟周建人起过"馋人"和"眼下痣"的绰号，还把好哭鼻子的女生叫"四条"，意思是鼻涕眼泪一块儿流。一次因为吃冰，房客沈四太太阻拦说"吃了要肚子痛"，结果遭到了母亲的责骂，他便给沈四太太起了个"肚子痛"的绰号，抒发了一下小小的不满。

谐谑轻松的绰号，在鲁迅所起的绰号中占相当比例，这类绰号基本就是开玩笑，没有恶意。鲁迅在北京大学讲课时，同事中有位叫川岛的青年教授，留了个学生头，在教授群里挺扎眼，鲁迅就管他叫"一撮毛"，见面时常亲切地叫他"一撮毛哥哥"。钱玄同与鲁迅同门受教于章太炎，鲁迅给他起过一个诙谐的绰号，叫"爬来爬去"。其本事是，钱玄同与鲁迅、周作人、朱蓬仙等在日本听章太炎讲国学课时，钱玄同在课余谈天时说话最多，且常在席子上爬来爬去，鲁迅便赠与绰号"爬来爬去"。从这个绰号颇可以想见青年时代的鲁迅和钱玄同等人，同堂听章太炎授课时的风貌。后来，鲁迅把"爬来爬去"简化成了"爬翁"，他在给周作人的一封信里说："见上海告白，《新青年》二号已出，但我尚未取得，已函爬翁矣。""爬翁"即钱玄同。海婴是鲁迅的爱子，鲁迅给他起了个绰号，叫"小狗屁"。这个滑稽、戏谑的绰号，浸透了鲁迅的舐犊之爱。

在鲁迅所起的绰号中，有一类可谓之"亦庄亦谐的绰号"，这种绰号多具有某种思想意义，耐人寻味。他给维新人物蒋智由起了一个绰号叫"无威仪"，就是这种亦庄亦谐的绰号。蒋智由原本是主张反清革命的，但后来变了，一次谈服装问题，蒋竟夸赞清朝的红缨帽有威仪，而嫌自己戴的西式礼帽无威仪，后来他又主张君主立宪。鲁迅不满蒋智由的倒退，便把"无威仪"作为绰号送给了他。

鲁迅曾给翻译家严复起过两个绰号，一个是谐谑轻松的，叫"严不佞"，一个是亦庄亦谐的，叫"载飞载鸣"。"不佞"是旧时文人的一种自谦说法，谓自己不才。严复说话写文时总爱说"不佞怎样"，鲁迅便给他起了个"严不佞"的绰号。"载飞载鸣"这个绰号应该与鲁迅和章太炎对严复的译文不满有关。章太炎曾批评严复的译文说："申夭之态，回复之词，载飞载鸣，情状可见；盖俯仰于桐城之道左，而未趋其庭庑者也。"（《太炎文录·别录》卷二《社会通诠商兑》）这是说严复的译文有八股文气，虽学了些桐城派皮毛却没能登堂入室，"载飞载鸣"四个字是状其文风。鲁迅与太炎师一样，也对严复的文风持批评态度，他写道："所谓'桐城谬种'和'选学妖孽'，是指做'载飞载鸣'的文章和抱住《文选》寻字汇的人们的。"（《且介亭杂文二集·五论"文人相轻"——明术》）"载飞载鸣"，已成了"桐城谬种"的一个符号，鲁迅便把它作为绰号送给了有桐城派遗风的严复。后来，有好事者把鲁迅给钱玄同和严复起的绰号凑在一起做了一副对联："钱玄同爬来爬去，严几道载飞载鸣"，是很有趣的。严复，字几道。

鲁迅曾给许广平起过两个绰号，一个是谐谑轻松的，叫"小刺猬"，一个是亦庄亦谐的，叫"害马"。"小刺猬"表现了鲁迅与许广平的亲昵。鲁迅平时很喜欢刺猬，在北京时曾买过一个石刻的刺猬，用来镇纸。因为喜欢刺猬，便用作绰号来称呼亲爱的人。"害马"这个绰号，源出女师大风潮。在女师大风潮中，校长杨荫榆在开除许广平等人的布告中说："即令出校，以免害群。"指斥许广平等人是害群之马。于是，鲁迅索性将"害马"作了许广平的绰号。他在给许广平的一封信里说："尚希曲予海涵，免施贵骂，勿露'勃谿'之技，暂羁'害马'之才……"给母亲写信时说："母亲放心，害马现在很好……""害马"这个绰号，既严肃又诙谐，自我调侃中透出对杨荫榆的轻蔑。

　　鲁迅对自己厌恶的人，有时会用绰号加以挖苦，有的绰号还起得很刻薄，例如给史学家顾颉刚起的绰号就很刻薄。顾颉刚患有红鼻病，鲁迅就给他起了个"鼻公"的绰号，或称"红鼻""鼻"。在与友人的通信中，鲁迅常以"红鼻"代称顾颉刚，在历史小说《故事新编·理水》里，为影射顾颉刚，塑造了一个小刺猬：

廿刺是二十三日的夜十二点半，我偶见此处在桌上的信前，这里边，先前是小刺猬常常坐着的，此地此刻却在上海。我太没来写信算算法天了。

今天上午，来了六個北大闽文系的代表，要我去教书，我却也一口回绝了。他们说要我回上海，大要教门功课，行时未来，任何时候调换，我也没有答应他们。我想结他的话，一要稳定于几门功课……并非三年前之比，我有终极，但此刻在说，将来或许会勿定，总之是不想做教授之言云。他们说我得回去，亦希望我……

有一回讲演，我已约于下星期三去讲……午小生街，将身冷冰冰的刺猬的信投入邮筒中。其次是往牛业题满拔……补救，大约共宴一次，就了……其次是去……倒也董之麻烦。其次是去……

次是到高钤印书铺，将老三的汇影取出，化饭的七元，也画三什赏的二，三家低铺，搬得中国低的印卷数十种，要算是很漂亮的了。还有两三家未去，便中当再。

如此信可用这一程，

去走一趟，大约再用四五元，却将琉璃厂明佳之要收备去。

计划北平已将十日，冷车钱外，自己共化了十五元，一半零信费，

一半是买碑帖的。主手福喜，刻作些很贵，向一本已太贵，

明天仍写去川，为待拆饭流去设，法芸盖布长大，一班，待先日

听他朋友的比气，哭怕总是罢，哦今。

往北大讲演似，便去作回趟玄毕顺，聘约日本病去一只叫元军丸的，

是从天津直航上海，重不愿束凌去，但兄到处的时候，做之相违甲，

今天却还前门车试看见很害看四幕影牌坊了，但这四幕礼，

似手六方多熟人住帖。

我这次回来，已住景做收逆，

程地佳，仰呈莫然。为安闲计，北平是不坏的，但固为和事方太不同了，

可吗我有世外桃源之感，我走山雅已十天，几乎竟言刺戟，

花住上慢的。上海雅挥挨，但也到有生气。

再收再读罢。我生很好的。

小白象

五，三。

鲁迅致许广平札一通 1929（下）

鼻子有病的"鸟头先生"。这种用生理缺陷起绰号的方法，当然是不厚道的。

本来，鲁迅一向也是反对用小说搞人身攻击的，但为何对顾颉刚如此挖苦呢？原因是，顾曾说鲁迅的力作《中国小说史略》是抄袭日本人的，鲁迅极为愤慨，与顾结下了死怨，愤然回击，方式也就不那么文雅了。关于《中国小说史略》是否抄袭，胡适曾替鲁迅辩诬，认为此书并非抄袭之作，并评价说，鲁迅的小说史研究"是上等工作"。

今天来看，鲁顾两位大师结怨是一桩很遗憾的事，顾不该那么说，鲁也不该那么起绰号。所幸的是，鲁迅的《中国小说史略》的经典地位，顾颉刚的大史学家的地位，都早已为社会所认可，所推重。

鲁迅小说里的绰号

品读文学作品，不可小看绰号的作用，一个精妙传神的人物绰号，会使这个人物及相关作品长久地活在读者脑海里，如《水浒传》里一百零八将的绰号，对该书的流传及影响作用巨大。由于绰号对文学的重要性，文学理论中还有了"绰号文学"的名目。

鲁迅作为语言大师和小说家是极看重绰号创作的，他说："创作难，就是给人起一个称号或诨名也不易。假使有谁能起颠扑不破的诨名的罢，那么，他如作评论，一定也是严肃正确的批评家，倘弄创作，一定也是深刻博大的作者。"（《且介亭杂文二集·五论"文人相轻"——明术》）看看，鲁迅是多么重视绰号的创作！他把好的绰号称为"颠扑不破的诨名"，还认为能起佳妙绰号的作者，在评论和创作上也一定是高手。一百零八将的绰号，正是鲁迅所说的"颠扑不破的诨名"。鲁迅很赞赏这些绰号，曾分析说，"花和尚鲁智深"和"青面兽杨志"的取名着眼在形体，"浪里白跳张顺"和"鼓上蚤时迁"的取名着眼在才能，可知鲁迅曾对《水浒》绰号做过细致的思考。

　　鲁迅在自己的小说中，也创作了许多颠扑不破的绰号。例如，人们熟知的"孔乙己""阿Q""豆腐西施""假洋鬼子""九斤老太"等等，都是颠扑不破的绰号。一提到这些绰号，仿佛它的主人就会一下子走到你的面前。《孔乙己》写道："他对人说话，总是满口之乎者也，叫人半懂不懂的。因为他姓孔，别人便从描红纸上的'上大人孔乙己'这半懂不懂的话里，替他取下一个绰号，叫作孔乙己。"（《呐喊》）这个绰号，充满古旧酸腐的气息，对刻画孔乙己这个落魄穷酸的旧式读书人的形象，起了极重要的作用。试问，要想刻画孔乙己其人的风貌，还有比"孔乙己"这个绰号更合适更精妙的名字吗？"阿Q"这个名字，或曰名号，实际也是个绰号，创作它，鲁迅是花了很大心思的。在《阿Q正传》开篇，鲁迅用相当篇幅来解说这个"阿Q"，并借此反映阿Q的社会地位等。孔乙己和阿Q，皆为中国文学乃至世界文学中的经典人物，之所以能成为经典人物，颠扑不破的绰号起了不小的作用。这样的绰号恐怕也只有深刻博大的鲁迅才能起得出。

鲁迅曾注意到俄罗斯民族有擅长给人起绰号的本领。他在《五论"文人相轻"——明术》一文中说："果戈理夸俄国人之善于给别人起名号——或者也是自夸——说是名号一出，就是你跑到天涯海角，它也要跟着你走，怎么摆也摆不脱"。（《且介亭杂文二集》）《鲁迅全集》的编者在注释这段话时，抄录了果戈理在《死魂灵》中所说的原话："俄罗斯国民的表现法，是有一种很强的力量的。对谁一想出一句这样的话，就立刻一传十，十传百；他无论在办事，在退休，到彼得堡，到世界的尽头，总得背在身上走。"原来，俄罗斯人起名号绰号的创造力竟这么强，遗憾的是我没能看到具体的例子。我倒是觉得，若将果戈理的话用于评说鲁迅小说人物的绰号倒是很贴切的，像"孔乙己""阿Q""豆腐西施""假洋鬼子""九斤老太"这些绰号，都是一传十，十传百的，都是能够流传九州，甚至走向世界的。

余　话

一个小小的绰号，一个取绰号的行为，包含和承载了那么多有意义、有意思的历史信息和文化信息，这恐怕是许多人想不到的。鲁迅作为一个伟大的思想家、文学家和革命家，竟与绰号有那么多的关联，恐怕也是许多人想不到的。在人数众多的现代作家群里，高度重视绰号在创作中的作用，并对绰号做过精辟论说的作家，鲁迅以外，恐怕是少见的。

从"鲁迅与绰号"这个角度观察和了解鲁迅，特别是观察其性格和情趣，颇能看出一些以往被忽略甚至被误解的东西。比如，今人对鲁迅的印象，大多只有严肃、冷峻，"横眉冷对"似乎就是鲁迅的标准像；而实际上，鲁迅是个天性幽默风趣，很爱开玩笑的人，他爱给人起绰号，起诙谐、有趣、轻松的绰号，便是他幽默风趣的天性的表现。

烈日秋霜
——鲁迅与绍兴师爷

引　言

鲁迅是绍兴人，绍兴师爷是绍兴的特产。鲁迅与绍兴师爷有无关系？若有，又是怎样的关系？这是个在鲁迅生前和身后一直被人们常常提起的问题。

亵渎鲁迅的人，常把鲁迅讥为"绍兴师爷"或"刑名师爷"（按："绍兴师爷"一词有时专指刑名师爷）。陈西滢曾讥讽说，鲁迅很有"他们贵乡绍兴的刑名师爷的脾气"，是个"做了十几年官的刑名师爷"（《闲话的闲话之闲话引出来的几封信》，《晨报副刊》）1926年1月30日，钱杏邨说：鲁迅的文章"是绍兴师爷借刀杀人的手术"（《太阳》第三号《死去了的阿Q时代》）；苏雪林也讽刺说，鲁迅很有"绍兴师爷气质"，是文坛上病态的"刀笔文化"的代表。

与鲁迅友善的人，甚至是挚友，也常常说起鲁迅确实有绍兴师爷的风格。曹聚仁是与鲁迅交往甚密的文友，他在《鲁迅评传》里多次谈到过鲁迅有绍兴师爷的风格。他说："周氏兄弟的性格与文章风格，都是属于绍兴，有点儿刑名师爷的调门的。"（曹聚仁《鲁迅评传·鲁迅的家乡》）又说："鲁迅的骂人，有着他们祖父风格，也可说是有着绍兴师爷的学风，这是不必为讳的。"（曹聚仁《鲁迅评传·他的童年》）

但同样是把鲁迅与绍兴师爷挂起钩来，陈西滢们与曹聚仁们却是有着本质不同的。前者是想说，鲁迅就像绍兴师爷那样深文周纳、罗织捏造、构陷人罪，其意是想把鲁迅妖魔化；后者则是在寻找鲁迅与绍兴师爷在某些文化特质上的契合点，意在深化对鲁迅的认识。前者无疑是对鲁迅的诬蔑，而这诬蔑恰恰正是地道的刑名师爷构陷人罪的笔法；后者则是揭示了一条探究鲁迅与绍兴地域文化乃至中国文化之关系的新径。

那么，鲁迅与绍兴师爷究竟有无关系呢？有的，而且有着不解之缘。问题是，有着怎样的关系？关于这个问题，有些鲁迅研究者已经注意到并有所论及。我因为崇敬鲁迅先生的文章和人格，又曾写过一本关于师爷的小册子，所以也一向留心鲁迅与绍兴师爷的关系。我曾对两者的关系做过一点考察（考察中受过钱理群、彭晓丰等鲁迅研究者的文章之惠），但不很系统，下面就分六个方面来说。

鲁迅生长在师爷之乡、"师爷之家"

鲁迅的家乡绍兴（这里指清代绍兴府，下辖八县：山阴、会稽、萧山、诸暨、余姚、上虞、嵊、新昌），是个师爷之乡。当游幕师爷（幕友、幕客），是绍兴的一大行业，绍兴是著名的所谓"师爷产区"。清代绍兴籍师爷龚未斋形容本乡幕业的盛况说："吾乡之业于斯者，不啻万家。""吾乡之业于斯者，不知凡几，高门大厦，不十稔而墟矣。"（龚未斋《雪鸿轩尺牍》，湖南文艺出版社，1987年版）谚云："无绍不成衙。"这"绍"字，一是指绍兴师爷，二是指绍兴胥吏。其意是说，一个衙门，若无绍兴籍的师爷和胥吏办理政务，简直就不叫衙门了。周作人说，绍兴本地所出的人才，几乎限于师爷与钱店官这两种。在绍兴籍的文化先贤中，有许多位当过师爷，如徐文长、王思任、汪辉祖、邵晋涵、章学诚、李慈铭、袁梦白、范寅等。鲁迅就是生长在这样一个师爷之乡。

不仅如此，鲁迅还生长在一个"师爷之家"。这里所谓的"家"，包括家族和姻亲，所谓"师爷之家"，是指家族和姻亲中出过许多师爷。这种"师爷之家"，在绍兴是很普遍的。幕业有个特点，师传和相互荐引常在家族和姻亲中，所以，师爷的家族亲缘性很强，因此，在师爷之乡绍兴遍布着这样的"师爷之家"。

清代著名师爷许同莘说他曾见过会稽陶氏家谱，其中当过师爷的有几十人。周恩来是鲁迅的本家，其家族是标准的师爷世家，家族和姻亲中有许多人当过师爷。（李海文主编《周恩来家世》，九州出版社，2017年版）鲁迅的家，也正是这样的"师爷之家"。据统计，鲁迅所在的绍兴覆盆桥周氏家族中有十多人当过师爷，姻亲中也有若干人当过师爷，如表兄阮和苏、表弟阮久苏等。但鲁迅的"师爷之家"与周恩来的"师爷之家"又有不同，鲁迅的祖父和父亲并不是师爷，而周恩来的近几代祖先和外祖父都是师爷。鲁迅与当过师爷的表亲阮氏兄弟特别是阮和苏来往密切。阮和苏长期在晋冀等地当师爷，辛亥革命后到北京谋事，与鲁迅为邻，两人时相过从，关系维系终生，《鲁迅日记》中记阮和苏处多达70多处。阮久苏曾在山西当师爷，患病来京医治，鲁迅留其在绍兴县馆居住，并延医为其治病，后又找人送其回乡。

鲁迅小时候还曾与一位有名的绍兴师爷为邻。有一个时期，鲁迅住在会稽县东王府庄外祖父家，外祖父家正与有名的绍兴师爷、《越谚》的作者范寅（字啸风）为邻，两家互有来往，外祖父鲁希曾还请范寅代拟过书信。关于代拟书信事，周作人这样写道："偶然翻阅范啸风的《癸俄尺牍》稿本，中间夹着一张纸，上写答周介孚并贺其子入泮，下属鲁希曾名，乃是范君笔迹，代拟的一篇四六信稿，看来实在并不高明。"（《鲁迅的故家·王府庄》）信是写给鲁迅的祖父周介孚的。从周作人的这段话中，可以约略想见鲁、范两家的来往。范寅是师爷，有文字功夫，又是鲁迅家近邻，所以鲁迅家请他来代写书信，而代写的书信想必也不会只这一封。鲁迅是读过范寅写的《越谚》的，小时候也一定见过这位比邻而居的有名的绍兴师爷。

鲁迅在京时，曾住在一个堪称"准师爷之乡"的绍兴会馆里。这家会馆不但经常有绍兴师爷落脚居住，而且在清咸同年间还曾举办过专门培养师爷的幕

北京宣武门外南半截胡同绍兴县馆，鲁迅1919—1919年在此居住。

学训练班。训练班从府州县已考中的秀才中招生,通过口试、面试、笔试择优录取。(郝树权《驻京同乡会馆是纯商业性质的》,载《商业研究》1990年第1期)幕学以绍兴为正宗,故绍兴会馆办幕学班,显示出绍兴籍师爷在"师爷界"(幕学界)中的执牛耳地位。在绍兴会馆里,无疑是充满了师爷之乡的气息的。鲁迅即使到了异地北京,也仍然居住在这样一个"准师爷之乡"里。

综上所述,可以看出,鲁迅生长和生活过的环境,是一个与绍兴师爷有着千丝万缕联系的环境。鲁迅与绍兴师爷的因缘,首先表现在他出生在一个师爷之乡,更生长在师爷之乡中的一个"师爷之家"中。此外,在鲁迅生活过的其他一些环境中,也多见绍兴师爷的踪迹。鲁迅生活在这样一个绍兴师爷沛然充塞的社会环境中,无疑会潜移默化地受到环境的影响。

鲁迅曾生活在"师爷气"弥漫的氛围中

行业造就了行业文化。绍兴师爷造就了相应的师爷文化。由于职业的关系,绍兴师爷在漫长的职业训练和行业生活中,逐渐形成了一种特殊的思维方式、工作方式、心理素质、性格脾气和文章风格，这就是师爷文化。具体来说，如冷静、清晰、周密、灵活的思维方式，多谋善断、稳重干练、严密苛刻、易怒多疑、睚眦必报的性格，"满口柴胡，殊少敦厚温和之气"的苦嘴，深刻、缜密、犀利、扼要、简括、圆滑、老辣的师爷文风（"师爷笔法"），翻云覆雨、深文周纳、歪曲事理、颠倒黑白、锻炼人罪的师爷手腕（"师爷笔法"之恶劣的一面），自感愧疚、怕遭报应的负罪心态，等等。这当中，既有优良的成分，也有恶劣的成分，是一种优良善恶因素杂糅的文化形态。对于这种师爷文化，历来世人俗称为"师爷气"。这种"师爷气"，实际并不仅表现在师爷中，而是弥漫开来，浸染于整个绍兴社会。鲁迅就曾生活在"师爷气"弥漫的氛围中。下面略举几例。

鲁迅在青少年时期就接触到了"师爷气"。曾随父（寿镜吾）任教于三味书屋的寿洙邻曾谈到过这样一个情况："鲁迅不喜谈政治，亦不喜谈法律……然尝见其法律小文，字字精当，老吏弗及。"（《我也谈谈鲁迅的故事》，《鲁迅研究资料》第3辑）鲁迅的这篇法律小文今已不存，故不知写于何年，但肯定是青少年时所写。这篇"字字精当，老吏弗及"的法律文字，说明鲁迅那时对于法律文书已经很熟悉了，而能够写出这种法律文书，想必对于刑名师爷的法律文字也是会有相当了解的。

周作人曾谈到他少年时代学作文章时，老师曾教给了他师爷笔法。由此可以推想出少年鲁迅也很可能对于师爷笔法有所接触和了解。周作人说："小时候在书房里学做文章，最初大抵是史论，材料是《左传》与《纲鉴易知录》，所以题目总是管仲论汉高祖论之类。这些都是两千年以前的人物，我们读了几页史书，怎么了解得清楚，自然只好胡说一气，反正做古文是不讲事理只讲技巧的，最有效的是来他一个反做法。有一回论汉高祖，我写道：'史称高帝豁达大度，窃以为非也，帝盖天资刻薄人也'，底下很容易的引用两个例子，随即断定，先生看了大悦，给了许多圆圈。这就是师爷笔法的一例。"（《知堂集外文·师爷笔法》，岳麓书社，1988年版）这里所说的是师爷笔法中的反做法，具体方法是搜寻出对原有结论不利的例子，再以此例推翻原有结论。教授这种方法的老师其实倒未必就是想教给学生怎样做师爷，但却在有意无意之间把一种师爷笔法教给了学生。此类师爷笔法，在绍兴之外的学塾中也有传授，因为绍兴师爷的刀笔文风是浸染了整个清代文字的。但在绍兴师爷的故乡，这类传授无疑是比较多和比较正宗的。鲁迅与周作人都是绍兴学塾的学生，有大体相同的就学经历，所以，鲁迅完全有可能在学塾中也听过师爷笔法的传授。

一张苦嘴，满口柴胡，冷峻尖刻，动辄骂人，这种师爷脾气，是鲁迅所接触的"师爷气"氛围的一个典型表现。鲁迅最直接接触到的，是他祖父周福清（介孚公）的好骂人，其次接触的是弥漫于家乡的以明末文人徐文长、王思任、张岱以及清代史学家章学诚、大名士李慈铭为代表的冷峻尖刻、好骂人的师爷学风。

徐文长是明末著名的绍兴师爷，他与张岱都以擅写冷峻尖刻的文字著称。王思任也是明末著名的绍兴师爷，所写的冷峻文字也很有名。对于徐文长，民间俗语有谓："尖刻归于徐文长"，可见其风貌。王思任则以那句带有冷峻刚毅之气的名言"我越乃报仇雪恨之邦，非藏垢纳污之地"名于世。鲁迅对于徐、王、张的著作都很爱读，对于王思任的那句名言，更是铭刻在心，屡屡提及。

周福清本人并不是师爷，但深受绍兴师爷和乡间师爷学风的影响，沾染了很浓的"师爷气"，对人很严刻，特别喜好责人、骂人、批评人、挖苦人。周作人曾对周福清的骂人和章学诚、李慈铭的骂人有过很精到的介绍，他说："介孚公爱骂人，自然是家里的人最感痛苦，虽然一般人听了也不愉快，因为不但骂的话没有什么好听，有时话里也会有刺，听的人疑心是在指桑骂槐，那就更有点难受了。他的骂人是自昏太后、呆皇帝直至不成材的子侄辈五十、四七，似乎很特别，但我推想也可能是师爷学风的余留，如姚惜抱尺牍中曾记陈石士（？）在湖北甚为章实斋所苦，王子献庚寅日记中屡次说及，席间越缦痛骂时人不已，又云，'缦师终席笑骂时人，子虞和之，余则默然。'"（《鲁迅的故家·恒训》）周作人无疑是亲聆过周福清骂人的。周福清对于鲁迅也经常施以责骂，鲁迅在学堂考了第二，他便骂鲁迅不用功，所以考不到第一。（曹聚仁《鲁迅评传·他的童年》）

周作人推想周福清的骂人，是受了章学诚（实斋）、李慈铭（越缦）为代表的师爷学风的影响，是很有见地的，但是还没有说透。章学诚、李慈铭本人都当过师爷（章学诚在安徽学政朱筠幕府当过佐理翰墨的师爷；章太炎谓：相传李慈铭当过肃顺幕客），所以从根本上说，周福清的骂人，是受了包括章学诚、李慈铭在内的绍兴师爷的影响，受了师爷文化的影响，受了绍兴师爷那种"满口柴胡，殊少敦厚温和之气"的"师爷气"的影响。

章学诚和李慈铭不仅当过师爷，还与其他绍兴师爷不乏往来。如章学诚与著名的绍兴师爷兼史学家汪辉祖是好朋友，常有书信往还，《章氏遗书》中就收有他写给汪的书简和为汪氏史著写的序言。章学诚和李慈铭的身上，都有浓浓的"师爷气"。章学诚作为史学家，李慈铭作为文史名士，他们在学术批评上都相当严刻，在性格和文风上，也都有浓厚的绍兴师爷的好骂人的脾气。这在二位的文字和言谈中，反映得很明显。

对于章学诚、李慈铭的"师爷气"，鲁迅所能接触的途径，除了间接地从祖父周福清那里感受到以外，还较为直接地从章学诚和李慈铭的著作中接触到。章学诚的许多著述和文章，鲁迅都读过。李慈铭的《越缦堂日记》，鲁迅也是经常翻读，他在《马上日记》一文中曾特别谈到《越缦堂日记》，并提到了日记中的骂人内容："吾乡的李慈铭先生，是就以日记为著述的，上自朝章，中至学问，下迄相骂，都记录在那里面。"（《华盖集续编》）

鲁迅的老师章太炎也当过师爷，幕主是张香涛（张之洞）。（郑逸梅《艺林散叶续编》）章太炎本人的文笔犹如老吏断狱，下笔辛辣，很有"师爷气"。章太炎对于师爷的历史很重视，在国学讲演中提出修清史应当设立《幕友传》。（《国学讲演录·史学略说》）鲁迅对章太炎老师的文笔无疑是熟悉的，对于老师设立《幕友传》的主张想必也是了解的。

上面所举的这几个例子，远不是鲁迅所生活的"师爷气"氛围的全部。但可以从中看出，鲁迅在故乡，在家中，在学塾，在读书时，在与文化人的交往中，曾经浸润在浓厚的"师爷气"的氛围中，曾经沐浴过浓浓的"师爷气"。这种"师爷气"，无疑会潜移默化地对鲁迅发生影响。但是，对于这种影响，不应囫囵言之，而是应当做具体的分析。

鲁迅对绍兴师爷和"师爷气"的态度

鲁迅对于绍兴师爷和"师爷气"的态度是，既有反感，也有嘉许。

鲁迅对于从事幕业当师爷，是很不喜欢的。他曾这样说过："我总不肯学做幕友或商人，——这是我乡衰落了的读书人家子弟所常走的两条路。"（《俄文译本〈阿Q正传〉序及著者自叙传略》）学做幕友，就是去当师爷，鲁迅是绝不肯走这条路的。"总不肯"三个字，透露出鲁迅很可能曾面临过被督催当师爷的境况，同时也表露出鲁迅坚决不当师爷的态度。当时，读书人家子弟的出路，科举是首选，走不通，便降一等去学幕，再不然就去学做生意。此外，就是当儒医和教家馆。这几条路都不成，最后一招就是进洋学堂。但在绍兴人的眼里，进学堂学洋务不是正路，是让人看不起的。但青年鲁迅偏偏选择了进南京水师学堂。果然，鲁迅进了南京水师学堂之后，本家叔伯辈便有人斥责说："这就是当兵，好人不当兵！"

本来，在鲁迅可走的几条路中，学幕还算是不错的，位置仅次于科举，而且以鲁迅的聪慧，也一定能学成一个名幕，但是鲁迅就是不学，而是宁愿进水师学堂，哪怕是招人奚落和斥责。这是为什么呢？一个重要原因，就是鲁迅很反感幕业这个职业，特别是反感绍兴师爷身上常有的那些恶劣习气。周作人在谈到《彷徨》时透露过鲁迅对幕业的反感，他说："著者（鲁迅）对于他的故乡一向没有表示过深的怀念，这不但在小说上，就是《朝花夕拾》上也是如此。大抵对于乡下的人士最有反感，除了一般封建的士大夫以外，特殊的是师爷和钱店伙计（乡下叫作'钱店官'）这两类，气味都有点恶劣。但是对于地方气候和风物也不无留恋之意……"（《鲁迅小说里的人物·〈彷徨〉衍义·故乡风物》）鲁迅对于故乡，自然还是热爱的，但又不是什么都爱，也有反感的地方，封建士大夫和师爷、钱店官就颇让鲁迅反感，而这当中，师爷和钱店官又尤其让鲁迅反感，因为师爷和钱店官"气味都有点恶劣"。

鲁迅之所以不当师爷和反感师爷，显然与鲁迅正直的品格和芳洁的操守有很大关系。幕业，素来被人们认为是"造孽之业"，所得的"脩金"常被称为

"孽金"，这是因为当师爷很容易受人贿赂，容易干出丧失良心的事。对于幕业的这种容易造孽的特性，鲁迅无疑是清楚的，鲁迅不愿意从事幕业，也就是很自然的了。鲁迅反感幕业和不当师爷，大概又与他在三味书屋时受过塾师寿镜吾的影响有很大关系。寿镜吾"人极方正"，他在《持身之要》上这样写道："景况清贫，不论何业，都可改就。唯幕友、衙门人、讼师不可做。"鲁迅大概是深受过寿镜吾这种就业观念的影响的。

鲁迅对于刑名师爷那种翻云覆雨，锻炼人罪，随意"出重出轻"地断案的师爷笔法，更是非常反感的。这可以从他反击陈西滢的文章中看出来。陈西滢在《闲话的闲话之闲话引出来的几封信》中不但称鲁迅为"刑名师爷"，还攻击说："鲁迅先生一下笔就想构陷人家的罪状。他不是减，就是加，不是断章取义，便捏造些事实。"又攻击鲁迅的笔是"刀笔吏的笔尖"。对此，鲁迅极为反感。他在《不是信》一文中几处为自己辩诬，回击陈西滢的攻击。

他写道："绍兴有'刑名师爷'，绍兴人便都是'刑名师爷'的例，是只适用于绍兴的人们的。"

（《华盖集续编》）这是在说反话，在驳斥陈西滢称他为"刑名师爷"的荒谬：绍兴有刑名师爷，难道绍兴人便都是刑名师爷吗？难道刑名师爷这个恶谥（在陈西滢笔下，"刑名师爷"是个坏符号）就是单给绍兴人准备的吗？

在所谓"骂人"的问题上，鲁迅又对陈西滢随意"出重出轻"的师爷笔法做了揭露："我对人是'骂人'，人对我是'侵犯了一言半语'，这真使我记起我的同乡'刑名师爷'来，而且还是弄着不正经的'出重出轻'的玩意儿的时候。"（同上）鲁迅写批评性文章，陈西滢说鲁迅是"骂人"，而那些批鲁迅骂鲁迅的人的话，陈西滢却说只是"侵犯了一言半语"，这完全是刑名师爷的随意"出重出轻"的不正经的手法。因此，鲁迅自然想到了本乡刑名师爷的那种"出重出轻"的师爷笔法。

大概是由于鲁迅对陈西滢攻击自己是刑名师爷、"刀笔吏"非常反感，或者至少这是原因之一（还有陈西滢说鲁迅的《中国小说史略》是抄袭的等原因），所以鲁迅"骂"陈西滢"骂"了很久。据考，鲁迅"骂"得最久的人就是陈西滢。

鲁迅对于绍兴师爷，特别是"师爷气"，并不是不加分析地都反感，并不是一概否定，而是有分析，有取舍。对于"师爷气"中的优良成分，鲁迅时有嘉许和赞赏。一个典型的例子，就是对师爷骨气的赞赏。鲁迅说过这样的话："我们绍兴师爷箱子里总放着回家的盘缠。"（引自郑天挺《清代的幕府》一文，见《明清史国际学术讨论会论文集》）这是一句含有乡土自豪感意味的嘉许之词，是鲁迅在赞赏绍兴师爷身上常有的傲岸自尊的骨气。绍兴师爷作为一种职业，有自己的职业道德和信条，其中的一条是：对于幕主，自己要"居宾师之位"（张廷骧《赘言十则》），即要做幕主的良师益友，要知无不言，言无不尽，而不要低眉顺眼，屈从幕主。为了坚持自己认为正确、公道的意见，不惜辞馆，而幕主如对自己不礼貌相待，也不惜拂袖而去，所谓"合则留，不合则去"，所谓"礼貌衰，议论忤，辄辞去"。（汪辉祖《学治臆说·得贤友不易》）鲁迅所说的"我们绍兴师爷箱子里总放着回家的盘缠"，说的就是绍兴师爷在幕主面前傲岸自尊，随时准备辞馆的态度。在鲁迅看来，一件小小的盘缠之事，却正表现了绍兴师爷的骨气和自尊。

对于"师爷笔法"中的某些内容，鲁迅也有过赞许之词。他在《不是信》中回击陈西滢的骂詈时说："……甲对乙先用流言，后来却说乙制造流言这一类事，'刑名师爷'的笔下就简括到只有两个字：'反噬'。呜呼，这实在形容得痛快淋漓。"（《华盖集续编·不是信》）鲁迅这是以"刑名师爷"的行话来讥刺陈西滢及其他散播流言的人。关于流言，鲁迅提到了刑名师爷笔下的"反噬"二字。"反噬"，是刑名师爷对案件中反咬一口现象的简洁概括。鲁迅赞许这一师爷笔法的简括、中肯、痛快淋漓。鲁迅一生备受流言之害，他曾说过："我一生中，给我大的损害的并非书贾，并非兵匪，更不是旗帜鲜明的小人，乃是所谓'流言'。"（《华盖集·并非闲话（三）》）但是，以流言伤害鲁迅的人却往往反咬一口，说鲁迅如何如何，正所谓"甲对乙先用流言，后来却说乙制造流言"。因此，鲁迅觉得刑名师爷的行话"反噬"一词说得真好，正可以用来概言那些反咬一口的流言家。

鲁迅对于绍兴师爷是既有否定，也有肯定的。这与只知混骂绍兴师爷的陈西滢是不同的。鲁迅说过：
"对于绍兴，陈源教授所憎恶的是'师爷'和'刀
笔吏的笔尖'，我所憎恶的是饭菜。"（《华盖集续
编·马上支日记》）鲁迅所说的绍兴饭菜，大抵是指
那些不鲜嫩、缺营养的干肉、干鱼、干菜之类。在鲁
迅眼里，绍兴师爷似乎要比绍兴饭菜还好些。这大概
是因为绍兴师爷还有可取之处，而那些不鲜嫩的饭菜
则讨人嫌。

"鲁迅风"中有哪些"师爷气"的因子

　　鲁迅是否受过绍兴师爷的影响？鲁迅风格，或
曰"鲁迅风"（包括鲁迅的思想、性格、文风等）
中是否有"师爷气"的因子？回答应当是肯定的。
"风""气'相接，"鲁迅风"确实与"师爷气"有
一定的联系，"鲁迅风"中确实有"师爷气"的遗传
因子。"师爷气"亦即师爷文化，是绍兴地域文化的
一部分，也是中国传统文化的一部分，而"师爷气"
的形成，又是与绍兴地域文化乃至中国传统文化的深
刻影响分不开的。"鲁迅风"与"师爷气"的联系，
实际也就是"鲁迅风"与绍兴地域文化和中国传统文

化的联系。

鲁迅受到绍兴师爷影响的途径，主要的并不是受到哪一个绍兴师爷的影响，而是受到了整个绍兴师爷群体所酿成的师爷文化的影响。也就是说，绍兴师爷对于鲁迅的影响，主要的并不是个人性、直接性的，而是群体性、文化性、间接性的。

师爷文化，或曰"师爷气"，是一个良莠杂糅、精华与糟粕并存的文化现象，其中还有一些因子，无所谓良莠，而是犹如刀枪，可以用来杀敌，也可以用来害人。因此，受到师爷文化影响的人，便有不同的情况，或是接受了糟粕，或是汲取了精华，或是受到某些中性因子的影响后，自己再有不同的表现。那么鲁迅是一种什么情况呢？鲁迅是极有自主力，懂得如何拿来的人，对于"师爷气"中的糟粕，例如翻云覆雨、深文周纳、歪曲事实、颠倒黑白、锻炼人罪的师爷手腕之类，他是绝对不会接受，也绝对没有沾染的，陈西滢、钱杏邨、苏雪林等人对鲁迅的指责和讥讽，是不合事实，没有道理的。

那么，鲁迅风格中究竟哪些内容与师爷文化的影响有关呢？"鲁迅风"中究竟有哪些"师爷气"的因子呢？

鲁迅的气节和风骨，鲁迅的冷峻、严刻和深刻，鲁迅的精密和严谨，鲁迅的复仇心态，鲁迅的易怒多疑，鲁迅笔法的尖锐、犀利和老辣，鲁迅的冷静和看透世态，鲁迅的精明和谋略，都是与绍兴师爷的影响和师爷文化的浸染有关的。

鲁迅的风骨，他的特立独行的个性和傲岸不屈的硬骨头精神，从来源上说，首先是中国传统文化熏陶的结果，这当中，既有"富贵不能淫，贫贱不能移，威武不能屈"的大丈夫气概，也有魏晋士人特别是嵇康、阮籍的风骨，还有浙东刚健、坚劲的民风和明末清初以来反抗异族统治的士人精神。此外，还有尼采等西哲精神的影响。这些来源之外，便是受到了绍兴师爷傲岸自尊的师爷骨气的影响。关于这种师爷骨气，章学诚的《章氏遗书》和俞鸿渐的《印雪轩随笔》中，都有典型事例的记载。我在《中国的师爷》一书中，也举了不少这方面的事例。本文前面曾谈到，绍兴师爷由于职业特点和幕德的修养，养成了一种傲岸自尊的师爷骨气，或曰师爷脾气，典型的表现就是箱子里放上回家的盘缠，随时准备卷铺盖就走。

鲁迅对这种师爷骨气是很赞赏的，也深受其影响。

鲁迅的冷峻、严刻和深刻，鲁迅笔法的尖锐、犀利和老辣，是"鲁迅风"中极为突出的特点。"横眉冷对千夫指"，是鲁迅之冷峻的自况；鲁迅又曾自评："在中国，我的笔要算较为尖刻的。"（《华盖集续编·我还不能"带住"》）不论是鲁迅的友人，还是曾亵渎过鲁迅的人，都指出过"鲁迅风"中的这些特点。曹聚仁说："鲁迅虽是操守很严的人，待人有时实在过于苛刻，尤其是他的笔尖；《两地书》乃是他们情侣间的信件，骂起人来更是不留情。"（曹聚仁《鲁迅评传·南行——在厦门》）寿洙邻说，鲁迅作诗，"硬语盘空，却少和婉之气"。苏雪林说，鲁迅的小说，用笔"深刻冷峻"。评论界更是历来把鲁迅的许多作品比作"投枪""匕首""解剖刀"。"鲁迅风"中的这些特点，究其文化渊源，可以上溯到先秦法家的冷峻，鲁迅曾经说过他自己很峻急，是中了韩非的毒；也可以追溯到魏晋时嵇康、阮籍的傲岸冷峻；还可以追寻到绍兴乡谚所说的"我有笔如刀"的乡风。若追寻更直接的文化渊源，那就不可忽视绍兴师爷的影响了。曹聚仁说得对："鲁迅的风格……有

着'绍兴师爷'的冷隽、精密、尖刻的气氛。"（曹聚仁《鲁迅评传·"鲁迅风"——他的创作艺术》）

绍兴师爷特别是刑名师爷，由于办案的职业关系，养成了一种冷峻、严刻的性格，练就了一支尖锐、犀利、老辣的笔，他们的文字，往往一针见血，有如刀刻一般深刻。绍兴名幕汪辉祖写过一副对联："苦心未必天终负，辣手须防人不堪。"所谓"辣手"，章太炎在《新方言·释言》里有如下解释："今人谓从事刚严猛烈者为辣手，辣之言厉也。"绍兴师爷就是以"辣手"处世为文的典型。鲁迅直接间接地从绍兴师爷那里，从章学诚、李慈铭、祖父介孚公那里，接触到了绍兴师爷的这种"刚严猛烈"的"辣手"，即冷峻、严刻、好"骂人"的师爷性格和师爷文风，接触到了绍兴师爷那支深刻、尖锐、犀利、老辣的如刀之笔；此外，他青少年时代受过法律文书的训练，能做出"字字精当，老吏弗及"的法律文书，也使他更易于了解刑名师爷的刀笔文字。鲁迅与绍兴师爷的这些联系，完全有可能使他受其影响。换句话说，鲁迅的匕首般的文字，与绍兴师爷的"一张苦嘴，一把笔刀"之间，肯定是存在着内在的密切的关联的。

　　鲁迅是一代国学大师，他做学问的精密和严谨，首先是由于继承了中国传统学术特别是乾嘉学派的优良学风，并吸收了西方近代科学的治学方法，但家乡地域文化中绍兴师爷之精密、谨严的思维方式和学风的影响也是原因之一。曹聚仁说，鲁迅做学问，"字斟句酌，老吏断狱似的下笔有分寸"，又说，鲁迅风格中有绍兴师爷的"精密的气氛"，就指出了鲁迅的学风与绍兴师爷学风的联系。

　　绍兴师爷吃的是断案（刑名师爷）和算账（钱谷师爷）的饭，加之幕德修养中有"尽心"一条，故养成了一种精密和谨严的思维方式及办案、理财方式（自然也深通如何圆滑办案、算账），亦即思维和工作中的"精密的气氛"。如果这种"精密的气氛"被用来治学，即像办案和理财那样治学，那么学问一定是会做得很严谨和精密的。绍兴师爷兼史学家汪辉祖就是这样的典型。汪氏写的《史姓韵编》《九史同姓名略》《辽金元三史同名录》三书，都有老吏断狱般的缜密，章学诚曾以"精详"二字评论《辽金元三史同名录》。胡适说汪辉祖是"以幕府判案的方法和整理档案的方法来整理学问的材料"，即是言其以治律的精神和方法治学。

鲁迅治学所具有的"精密的气氛"，就很类似绍兴师爷治律的精密。鲁迅曾告诉曹聚仁，他写"《中国小说史略》，从搜集材料到成书，先后在十年以上"。曹聚仁评此书曰："其书取材博而选材精，现代学人中，惟王国维、陈寅恪、周作人足与相并。"（曹聚仁《鲁迅评传·文艺观》）细检《中国小说史略》，其间确实渗透着一种绍兴师爷断狱般的、字斟句酌的、精密的气氛。

鲁迅的复仇观念是颇为强烈的，有时睚眦必报，《女吊》可说是鲁迅复仇观念的化身。对于鲁迅复仇观念的强烈，人们都承认，鲁迅自己也有过自白。（见鲁迅《杂忆》《死》等文）鲁迅的这种复仇心，既源于绍兴民风中自古形成的复仇心态，也与绍兴师爷惯有的睚眦必报的"师爷气"的影响多少有些关系。

绍兴师爷除了自身就处在这种复仇乡风的熏染中，又加之职业的关系——依附官府，身处要津，有复仇条件（如刑名师爷陈秋舫之报复周福清），所以绍兴师爷的复仇心态尤为强烈，睚眦必报成为惯习。周作人谈到绍兴师爷说话的习惯时曾说："听见绍兴师爷讲话，令人想起越王勾践仿佛在同文种等人商量，若曰：'亨个夫差个娘杀啦嗄，有朝一日总要收拾伊勒。'"（《知堂集外文·勾践的绍兴话》）绍兴师爷的这种说话神态和语言，清楚地反映了他们浓重的睚眦必报的复仇心态。鲁迅的复仇心态，应当说与绍兴师爷的复仇心态的影响多少有些关系。这不仅因为鲁迅曾生活在"师爷气"浓厚的氛围中，而且因为绍兴师爷的复仇心态，其实正是给予了鲁迅深刻影响的绍兴民风中之复仇心态的一部分。

多疑和易怒，在鲁迅的性格中是比较明显的。对此，鲁迅自己也承认，他曾自评说："自己感到太易于猜疑，太易于愤怒。"周作人认为鲁迅的病故与他的多疑和易怒的性格有关，这是有道理的。鲁迅的多疑和易怒，集中表现在杨树达事件上。鲁迅这种性格形成的原因，是比较复杂的。比如，他的易怒，大概与他的倔强、有骨气有关；他的多疑，大概与他受到的流言和暗算太多有关；等等。但还有一个原因，就是与绍兴师爷的多疑、易怒的"师爷气"的影响有关。师爷判案，充当刑侦专家的角色，常常需要怀疑与假设，因而多疑成了他们职业性的思维和性格。傲岸严刻、"殊少敦厚温和之气"的师爷脾气，又使他们发怒骂人成为家常便饭。这些"师爷气"，特别是易怒骂人的"师爷气"，通过章学诚、李慈铭、周福清一脉，直接间接地浸染了鲁迅，成为他"太易于猜疑和愤怒"的原因之一。

鲁迅的冷静，使他"气宇沉稳，明察万物"（许寿裳语）；明察万物，看透世态，又使他能够揭破社会的黑暗，洞悉众生相和揭发民族的劣根性。鲁迅的这种冷静和看透世态，自然首先是源于他的人格的俊伟、思想的超拔和学养的深厚，源于他自幼历经事变而体味了凶险的世态，但绍兴师爷那种冷静处事、洞悉世情、明察幽微的处世态度和眼力，也可能对鲁迅有所影响。清代名幕张廷骧在《幕学举要·序》中说："幕虽小道，非洞达世情，周知利弊，焉能出而佐人？"绍兴师爷处在政治的幕后，懂得政治是怎么回事，又处在办案的前沿，深知民间秘事隐情，办案、算账又养成了他们冷静、沉稳的性格和办事态度，这些"师爷气"，自然对绍兴的民风有所影响，因而也多少影响到了鲁迅。

曹聚仁说，鲁迅是个精明和"有谋略"的人，这话有道理。从鲁迅对待书信和日记的态度与看法中，可以约略看出一些来。鲁迅在谈到自己的书信时说："常听得有人说，书信是最不掩饰，最显真面的文章，但我也并不，我无论给谁写信，最初，总是敷敷衍衍，口是心非的，即在这一本书中，遇有较为紧要的地方，到后来也还是往往故意写得含胡些，因为我们所处，是在'当地长官'，邮局，校长……，都可以随意检查信件的国度里。"（《两地书序言》，《鲁迅全集》，第11卷）不能认为鲁迅这里说的是戏言，或是谦虚什么的，鲁迅是自我写实。鲁迅的这段话，确实反映了鲁迅的精明和"有谋略"。但鲁迅这段话中的"谋略"，其实也就是多一层考虑，多想一步棋，多警惕一点，这是不得已，而并非不诚或阴谋之类。

鲁迅的精明和"有谋略"，曹聚仁认为与绍兴师爷的影响有关，他说："毕竟他是绍兴师爷的天地中出来，每下一着棋，都有其谋略的。"（曹聚仁《鲁迅评传·性格》）这话也有道理。绍兴师爷的职业就是为幕主出谋划策，为破案和征收钱粮赋税想方设法，为案中人的命运（或杀或纵）谋划设计，因之，绍兴师爷有一种职业性的精明和善于谋划的能力，他们的谋略常常是层出不穷的。鲁迅生长在绍兴师爷的天地中，受到过绍兴师爷的精明劲儿和谋略气的熏染，完全是可能的。但曹聚仁说鲁迅"每下一着棋，都有其谋略"，实际倒也未必到了那种程度。

由于鲁迅是从绍兴师爷的天地中走出的，故对于师爷式的谋略常能看得出来。例如，他曾谈到过李慈铭的日记是背离了日记正宗而专门写给别人看的，这说明他对于这位曾做过师爷的绍兴大名士的精明和"谋略"洞若观火。

鲁迅·绍兴师爷·法家及其他

周作人认为，绍兴师爷的苛刻性格和师爷笔法是上承先秦法家的。他把师爷的苛刻称为"法家的苛刻的态度"，又说，"师爷笔法的成分从文人方面来的是法家烈日秋霜的判断"。（《知堂集外文·目连戏的情景》）这也就是说，法家与绍兴师爷是大有关系的。

那么，法家与鲁迅是否有关系呢？显然也是有的。因为既然鲁迅冷峻严刻的风格、犀利的笔锋与"师爷气"有关，那么其远源自然就要追溯到先秦法家。实际上，鲁迅也明言过自己与法家有关系。他在《坟》的后记中说，自己背了些古老的鬼魂，"就是思想上，也何尝不中些庄周韩非的毒，时而很随便，时而很峻急。孔孟的书我读得最早、最熟，然而倒似乎和我不相干"。韩非是法家的集大成者，也可以说是法家的代表。"中了韩非的毒"，也就是受了法家的影响。鲁迅说他和孔孟不相干，其实并非完全不相干，比如与"自强不息，刚健有为"的精神就很相干。但是，鲁迅说这句话实际上是要突出两点，一是与没落的"孔家店"不相干，二是与庄周、韩非很相干；而说与孔孟不相干，就愈加突出了与庄、韩的相干。从鲁迅的这句话中可以看出，他是认为自己与法家很有关系，亦即受了法家的影响的。那么受了法家的哪些影响呢？所谓"峻急"，也就是法家的冷峻、刻急、犀利的思维方式和文风，形象一点说，就是法家那种烈日秋霜般的风格。此外，鲁迅还受过法家的"人性恶"观念的影响。鲁迅对于"人性恶"是很敏感的，这成了他批判国民劣根性的思想渊源之一。

鲁迅受法家的影响，主要有两个途径，一是从古书中，从《韩非子》等法家著作中，再一个途径就是间接地从绍兴师爷那里。鲁迅是颇喜读《韩非子》的。《韩非子》的思维相当理智，文气又相当冷峻。鲁迅说他"中了韩非的毒"，大概首先是因为他熟读了韩非的书。鲁迅从法家的书里所受的影响，比从绍兴师爷那里受到的法家的影响更为直接，但是很不具象；而从得了法家真传的绍兴师爷那里受到的影响，则是具体而鲜活的。钱理群说，绍兴师爷是鲁迅受法家影响的"中介"，这个说法是很有道理的。

绍兴师爷历来都把自己所从事的幕业视为法家的孑遗，在他们眼里，申不害、韩非简直就是本业的祖师爷。在绍兴师爷写的书信、序跋、日记等文字中，常可见到他们自称是"事申韩之学""习申韩之业""取给于申韩之术"等，明确地把自己当师爷看作继承先秦法家之业。法家本是一学派，是向人主贡献用法治国的意见的，并非吃法律饭的业主，但他们的法律思想，制法、用法的主意，历来为后世吃法律饭的人们所宗。绍兴师爷就是这种吃法律饭者中的一大宗。他们在学习"幕学"的阶段，都要掌握基本的法律文献和法律知识，如《洗冤集录》《大清律例》及各种刑案汇编等，都要熟悉各种法律名词，如"定谳""反噬""灭族""和奸"等。这些法律文献和法律知识，都是上承先秦法家的。所以，绍兴师爷确确实实是在"事申韩之学""习申韩之业""取给于申韩之术"的。

鲁迅对于绍兴师爷与法家的联系是清楚的。他在回复陈西滢讥讽他为刑名师爷的信中，有这样一句话："灭族呀，株连呀，又有点'刑名师爷'的口吻了，其实这是事实，法家不过给他起了一个名……"在这里，在有关法律业务的问题上，鲁迅几乎是把绍兴师爷和法家看作一回事的。的确，法家不过是穿了古装的绍兴师爷，而绍兴师爷又不过是穿了清朝服装的法家。鲁迅说他中了先秦法家的毒，这"毒"的重要传播途径之一，就是鲁迅故乡的那些穿清服的法家——绍兴师爷。所谓中了法家的"毒"，实际上是中了绍兴师爷的"毒"（即受影响）的另一种说法。

说到绍兴师爷的中介作用，其实，绍兴师爷不仅是法家与鲁迅之间的一个中介，而且是鲁迅与许多中国传统文化现象之间的一个中介。正如前文已经谈到过的：鲁迅的风骨，鲁迅的冷峻、深刻，鲁迅的复仇心态，鲁迅做学问的精密和严谨，其文化渊源中，都是既有绍兴师爷的影响，也有绍兴师爷作为中介的中国传统文化的影响。绍兴师爷之所以具有这种中介作用，是因为绍兴师爷本身就处在中国传统文化的熏陶中，他们本身就带有许多中国传统文化的遗传因子。

因此，在说到鲁迅所受的影响时，有时很难分清哪些是绍兴师爷的直接影响，哪些是绍兴师爷作为中介的中国传统文化的影响。

鲁迅作品中的师爷的影子和"师爷气"

前面已经谈到，"鲁迅风"中有不少"师爷气"的因子，这里再具体谈谈鲁迅作品中的师爷的影子和"师爷气"。

《狂人日记》里的狂人，其原型据周作人说，是鲁迅的两个当过师爷的患精神病（迫害狂）的姨表兄弟。他说到这两个姨表兄弟时，有时隐其名，有时言其名曰郁大、郁四（有时又记作刘四）。关于这兄弟二人的情况，周作人在《〈狂人日记〉里的人》一文中记道："……事实上有两个生精神病的亲戚。一个是郁四，在华北游幕，忽然说同事要谋害他，逃到北京，告诉鲁迅说他们怎么追迹他，住在西河沿客栈，听见楼上的客深夜橐橐行走，知道是他们的埋伏，赶急要求换房间，一进去就听到隔壁什么哺哺的声音，也在暗示给他，他们到处布置好，他再也插翅难逃了。据说他那眼神十分可怕，充满了恐怖，阴森森地显出狂人的特色，就是常人临死也所没有的。鲁迅给他找妥人护送回乡，这病后来也就好了。他的老兄郁大也是同样情形，只知道他在由杭回绍的途中，遇见对面来一小船，欻然过去，听得船中人说话有'大少爷'三字，他立刻变色，说这即是他们一党，对他表示他们认识他，知道他今天回家来，以后就要来找他的。"（《知堂集外文》）

鲁迅写《狂人日记》，确实有原型，而且确实是鲁迅的当过师爷又患了迫害狂的姨表兄弟。鲁迅在《狂人日记·小引》中说："某君昆仲，今隐其名，……日前偶闻其一大病，……迂道往访，则仅晤一人，言病者其弟也。……知所患盖'迫害狂'之类。"这里所说的"病者",实即鲁迅的患了迫害狂的姨表兄弟。鲁迅在这里基本用的是史笔；但未言患病者为兄弟二人，只曰一人，与周作人所说稍异，这大概是文学之笔。周作人所说的郁大和郁四，指的当是鲁迅的表兄阮和荪和表弟阮久荪。根据绍兴鲁迅纪念馆提供的资料，这阮氏兄弟都在外地当过师爷，其中阮久荪曾因患精神病到北京找过鲁迅，住在西河沿旅馆，鲁迅为他四处求医，并物色了一个干练的人送他回绍兴。（绍兴鲁迅纪念馆编著《鲁迅在绍踪迹摄拾》，杭州大学出版社，1991年版）这里所说的阮久荪的情况，与周作人所说的郁四的情况相同，郁四指的当就是阮久荪。或者，再加上一些也当过师爷的其兄阮和荪的影子。

在鲁迅作品中，最明显地晃动着绍兴师爷的影子和浸染着"师爷气"的作品，就是《狂人日记》。不仅狂人的原型是绍兴师爷，狂人日记的内容也有"师爷语言"和师爷笔法。如："我还记得大哥教我做论，无论怎样好人，翻他几句，他便打上几个圈；原谅坏人几句，他便说'翻天妙手，与众不同'。"这段话，是狂人记大哥教自己怎样用师爷笔法做论文，教的是怎样把好人说坏，把坏人说好。判卷打圈和称赞"翻天妙手"的"他"，指的都是教做论文的大哥。

周作人曾说过他小时候，接受过那种把好坏颠倒过来评说的"师爷笔法"的训练，例子就是本文第二节提到过的把"史称汉高祖豁达大度"，翻转成了"帝盖天资刻薄人也"。周作人还曾举例说：老幕友的刀笔秘诀是"反复颠倒，无所不可"。要使原告胜，就说"他如果不是真吃亏，何至来告状"；要使被告胜，就斥责原告说："他不告而你来告状，是你健讼！"要使老者胜，就说"不敬老宜惩"；要使少者胜，就说"年长而不慈幼，为何？"狂人的大哥所教狂人的，正是这种师爷笔法、刀笔秘诀。大哥所说的赞语"翻天妙手，与众不同"，很可能是绍兴师爷之间经常用来称赞某师爷刀笔不凡的话。所谓"反复颠倒，无所不可"，所谓"翻天妙手，与众不同"，其核心在"颠"、在"倒"、在"翻"，也就是师爷笔法中常见的"反做法"。

对于这种"反做法"，鲁迅并没有一概排斥，而是汲取了其中的逆向思维方法，用作观察的工具。鲁迅将"反做法"中的逆向思维方法名之曰"推背"，并解释说："我这里所用的'推背'的意思，是说：从反面来推测未来的情形。"（《伪自由书·推背图》）实际上，鲁迅不仅用"推背"来推测未来，而且也用它来观察历史。鲁迅托言的狂人就是用这种推背法，亦即师爷的"反做法"观察出中国历史的真相的："我翻开历史一查，这历史没有年代，歪歪斜斜的每叶上都写着'仁义道德'几个字。我横竖睡不着，仔细看了半夜，才从字缝里看出字来，满本都写着两个字是'吃人'！"（《呐喊·狂人日记》）一般人看历史总是惯于从表面看，所以看到的都是"仁义道德"，但若是用推背法"颠倒"着看，"翻"过来看，看到的就是"吃人"二字。

不仅狂人的原型是绍兴师爷，也不仅狂人日记的内容有"师爷语言"和师爷笔法，还有一点也极为重要，就是狂人所患的病，实质上是一种"师爷病"。狂人所患的是迫害狂，这种病，是从事幕业的师爷们经常患的一种职业病。从这个意义上说，此病可以谓之"师爷病"（尽管并非师爷所独患）。师爷何以常患此病？这是因为，师爷特别是刑名师爷，由于职业的关系，常以刀笔决人生死，常以刀笔斩杀人犯或判人徒刑，而在这当中，又常有冤魂出自他们笔下。因此，"负罪感"成了师爷们的一种普遍的心态，他们时常心惊肉跳，时常做噩梦，仿佛感到或梦见死者或冤魂前来索命。于是极易患上迫害狂，成为天天惧怕被人谋害的狂人。清人纪昀在《阅微草堂笔记》中就记载了这种典型事例。阮久荪患的实际也就是这种"师爷病"。这种"师爷病"被鲁迅看在眼里，便被用来作为了狂人的病症的原型。刑名师爷是又杀人，又恐被人杀的（正像狂人所言："自己想吃人，又怕被别人吃了。"）；狂人也正是被人吃，又吃过人的（狂人自谓："我未必无意之中，不吃了我妹子的几片肉。"）。从这点上来说，用绍兴师爷来做狂人的原型是再合适不过了。而从这一点又可以看出，《狂人日记》的原型，并非仅仅是哪一个师爷，并非只是阮久荪或阮氏兄弟，而应是整个的绍兴师爷。

《阿Q正传》作为一部伟大的讽刺小说，可以说是一部"师爷气"浓郁的作品。它的深刻、冷峻、理智、犀利，它的洞察世态和精熟人情，它的苦辣的讽刺和幽默，都让人隐隐地感到一种"师爷气"的存在，而且是一种正宗的"绍兴师爷气"。鲁迅所以能写出这部伟大作品，应该说是与他的绍兴师爷气质分不开的。蒋梦麟说过这样一段话：绍兴师爷因为谙熟法令律例，"养成了一种尖锐锋利的目光，精密深刻的头脑，舞文弄墨的习惯，相沿而成一种锋利、深刻、含幽默、好挖苦的士风，便产生了一部《阿Q正传》。"（蒋梦麟《新潮》，台北传记文学出版社，1967年版）这种对《阿Q正传》的成因及特点的分析，是很有见地，很有道理的。明末绍兴师爷王思任可说是"含幽默、好挖苦的士风"的一个代表。王思任号谑庵，以善谑出名。鲁迅更是"锋利、深刻、含幽默、好挖苦的士风"熏陶出来的典型人物。可以说，没有"师爷气"，就没有《阿Q正传》，鲁迅若没有"师爷气"，也就写不出《阿Q正传》。

不知是有意还是巧合，鲁迅把阿Q也写得颇有"师爷气"。阿Q在男女问题上的学说是："凡尼姑，一定与和尚私通；一个女人在外面走，一定想引诱野男人；一男一女在那里讲话，一定要有勾当了。"（《阿Q正传·恋爱的悲剧》）阿Q本非刑名师爷，但他的学说的内容却都关乎刑名案情，都是刑名师爷所关注的，他的论断和语言也分明都是刑名师爷式的论断和谳语。清代著名刑名师爷王又槐在他写的《办案要略·论犯奸及因奸致命案》里有这样一句经典的话："妇女孤行无伴，多非贞节。"（群众出版社，1987年版）翻译成阿Q的话说，不就是"一个女人在外面走，一定想引诱野男人"吗？可见阿Q在男女问题上的学说与刑名师爷的理论毫无二致。

鲁迅作品中的"师爷气"，还常表现在他的爱"咬文嚼字"和擅长对"字缝"的洞察。鲁迅自谓："我常常要'挑剔'文字是确的。"（《华盖集·我的"籍"和"系"》）在鲁迅的作品中，特别是杂文中，"咬文嚼字"的情况太多了，例如对"学贯中西的学者"萧纯锦滥用"之"字的奚落，等等。这里所谓"字缝"，是指字里行间隐而不显的东西，指文字背后的文字。鲁迅的洞察"字缝"，或是从中发现对方的纰漏，据以攻之；或是从中看出世道人心和历史的真相。前一种情况，如女师大风潮中鲁迅著文驳斥所谓"女师大学生是'少数'"的责难（《华盖集·这回是"多数"的把戏》）；后一种情况，如鲁迅擅读历史，从"字缝"里读出了"吃人"两个字。鲁迅的爱"咬文嚼字"和擅长对"字缝"的洞察，究其渊源，既有中国传统文人对文字的敏感，也有绍兴乡风对文字的偏爱（绍兴一向文风极盛），还有鲁迅师从章太炎所受的《说文》训练，此外，一个重要的渊源，就是受到了绍兴师爷的善于推敲文字和擅长从字缝里钻找的影响。

绍兴师爷断案或是算账，都需要文字周密，无懈可击。特别是刑名师爷，更是需要反复推敲文字，以使法律文书圆润周到，或是从字缝里寻出可乘之机，化险为夷。例如，某师爷将谳语"用刀杀人"改为"甩刀杀人"，又有某师爷将"从大门而入"改成"从犬门而入"，皆使判案结果迥异先前。这两例都是刑名师爷从字里行间觅出了机会，进而改变文字，从而改变了判案结果。绍兴师爷的这种"咬文嚼字"和擅长从字缝里寻出可乘之机的手法，对清代以来的文风影响颇大，受到这种影响而写出的文章和著作不胜枚举。鲁迅就是受到过这种手法影响的作家。心理学家潘菽在谈到师爷文风浸染中国文坛的情况时说："古往今来，多少刑名师爷式的著作，专门在字句缝里钻找，讼师就是这么产生的。"（引自曹聚仁《中国学术思想史随笔·墨家与墨辩》，三联书店，2003年版）潘菽主要是从消极的意义上来谈师爷笔法的，并不全面。清代以来，文坛上的这种"师爷气"确实不少，但鲁迅并非"专门在字句缝里钻找"，而是一则秉持正义而为文，二则在作文需要时恰当地使用这种方法。

结　语

　　鲁迅曾生活在遍布绍兴师爷的环境中和"师爷气"（即师爷文化）弥漫的氛围中，受到过绍兴师爷和"师爷气"的潜移默化的影响。鲁迅反感并拒绝了"师爷气"中的恶劣成分，接受了"师爷气"中的精华。鲁迅所受的某些中国传统文化因素的影响，是通过了绍兴师爷这个中介的，或是以绍兴师爷为中介之一。鲁迅的思想、性格和文风即"鲁迅风"中，留下了深深的"师爷气"的烙印。"师爷气"对于鲁迅的深邃、深刻的思想体系和鲁迅的精神风貌、人格风貌、文章风貌的形成，起过相当重要的作用。

　　周作人在形容法家的风格时，曾用过"烈日秋霜"四个字。这四个字造成的意象，很容易使人既联想起绍兴师爷又想到鲁迅。这是因为，"鲁迅风"和"师爷气"都有着烈日秋霜般的气氛。故此，本文用"烈日秋霜"四个字作为标题。

穆神庙是什么庙

在介绍"鲁迅与绍兴风土"的书里，常要提到三座庙宇，一是长庆寺，二是土谷祠，三是穆神庙。这三座庙，前两座很有名，因为长庆寺是鲁迅小时候拜龙师父为师的地方，土谷祠是阿Q的住所的原型，穆神庙的名声则相对较弱。但是，穆神庙也是一座很值得关注的庙宇。

这三座庙之间的距离是很近的。其具体位置，据张能耿、张款所著《鲁迅家世》一书说："（绍兴）东陶坊的土谷祠在长庆寺的斜对面，鲁迅笔下的阿Q就是住在土谷祠里的。那里前有山门和栅栏门，后有平屋三间，中间为穆神庙，靠南一间是财神殿，靠北一间即土谷祠。"（党建读物出版社，2000年版）简单说，就是土谷祠建在长庆寺的斜对面，穆神庙又与土谷祠紧挨着。也就是说，这三座庙几乎就是建在一起的。大约在1967年，穆神庙被拆掉了。

有记载说，鲁迅在家乡时有时去长庆寺游玩，那么，估计他一定会近便去逛一逛土谷祠和穆神庙的。

这座穆神庙是什么性质的庙宇？是谁修建的？供什么神？供神者是何人？关于这些问题，绍兴当地的风土专家有些调查和解说，但并没有完全说清楚。

绍兴鲁迅纪念馆编著的《鲁迅在绍踪迹掇拾》一书，有一节是这样介绍穆神庙的："穆神庙在土谷祠的南面，面积也很小，里面有一尊穆神菩萨，样子很凶，本地人称他'贼神菩萨'。据说是一些盗贼来这里祈求'贼神'保佑他们偷东西时不被人抓住，或者是作案得逞后来此酬谢，或者来许愿心。由于人们怨恨盗贼（但不知为什么还要建庙塑像），故一般的人是不进这庙门的，怕沾染贼气后也去做贼。"（杭州大学出版社，1991年版）

这段话说明了几点情况：一、穆神庙所供的神叫穆神，也叫贼神、贼神菩萨；二、神的长相很凶，是个凶神；三、供神的人都是窃贼（职业或半职业的），一般正派人不来此供神；四、窃贼供神的目的，是希望神能保佑自己偷盗顺利，并酬谢神佑。这些情况表明，这座庙既不是宗教性质的庙，也不是纪念性质的庙，而是一座行业神庙。

所谓行业神，即从业者造出并供奉的，用来保佑本行业利益的神祇，如木匠供的鲁班、酒业供的杜康、娼妓供的管仲，都是行业神。穆神，也是一个行业神。穆神庙，即一座行业神庙。这就是此庙的性质。

穆神，即贼神菩萨是谁？裘士雄等著的《鲁迅笔下的绍兴风情·财神堂和穆神庙》介绍说，"据说，他就是《水浒传》里偷甲的鼓上蚤时迁"，也叫"迁贼神"。（浙江教育出版社，1985年版）照此之说，穆神庙又可以称作时迁庙或迁神庙了。但为何这个鼓上蚤时迁被称为"穆神"？令人不解。

何以说这座穆神庙是行业神庙？这要从三个方面来看：一是看谁来供神，二是看所供的神与供神者的职业是否关联，三是看供神的目的是什么。这座庙的供神者都是窃贼；所供的时迁也是窃贼，与供神者同业；供神是为了求神保佑偷窃顺利。因此，可以认定这座庙就是一座窃贼业的行业神庙。

《鲁迅在绍踪迹掇拾》一书的编著者提出一个问题，"不知为什么要给贼神建庙塑像"？意思是官方或民众本不该为窃贼建一座庙。实际上，我推测这座庙根本不是官方修建的，也不是乡民集资修建的，而极大可能是窃贼们自己出钱修建的。我的这个结论，虽没有庙志可证，但可以从庙的性质推断出来。

为何把穆神的样子塑得很凶？我想，可能是窃贼们觉得自己这行的人员不大好管（窃贼业一般也有行规），所以要弄个凶神来管理吧。鲁迅对中国的神有个分类：凶恶的和老实的，这个穆神可能属于凶恶的一类。但他究竟怎样凶恶我不知道。我是看他的塑像凶恶，便把他归入凶神的。其实，《水浒传》里的时迁从性格到面目倒不是十分凶恶的。

窃贼业的行业神庙，并非只是绍兴一地有，而是许多地区都有。杭州的窃贼也建有贼神庙，也奉时迁为行业神。清人梁绍壬《两般秋雨庵随笔》卷一"世俗诞妄"条载："吾杭清泰门外，有时迁庙，凡行窃者多祭之。"（上海古籍出版社，1982年版）窃贼供贼神，这座庙当然就是一座窃贼的行业神庙了，其性质与绍兴的穆神庙完全相同。

不论是杭州还是绍兴的窃贼，他们供神的目的和心理都是一样的。清人丁立诚《武林杂事诗·时迁楼偷祭》云："卅六人中谁善偷，时迁庙食城东楼。后世偷者奉为祖，月黑深宵具酒脯。但愿人家不闭门，黄金取尽青毡存。岁岁报祭官不捉，天上追踪东方朔。"（《武林掌故丛编》）这些窃贼把时迁奉为祖师爷，祈求他保佑自己偷窃顺利，祈求家家不闭户，祈求官府不来捉拿他们。这是天下供贼神的窃贼们共有的祭祀心理。

阿Q的原型之一谢阿桂就是个窃贼，一次他到鲁迅家偷东西，被鲁迅发现后逃走了。他就住在土谷祠里，离穆神庙很近，想必他到过穆神庙祭神吧。谢阿桂有个朋友叫戴阿贞，也是个窃贼，没房子住，就住在穆神庙里。

阿Q也有偷盗的恶习，曾偷了静修庵菜园里的四个萝卜，被老尼姑发现；又曾合伙进城偷窃，扮演了一个"在洞外接东西"的角色。说阿Q是半个窃贼应该是可以的，那么阿Q也该去穆神庙供神了。

深爱北京的鲁迅先生

鲁迅先生一生，天南海北去过不少地方，也居住过不少地方，最近翻览鲁迅的日记和书信等材料，我发现，他对并非故乡的北京有一种特殊的厚爱，有时甚至胜过了爱故乡绍兴。鲁迅活了55岁，其中有十几年是在北京生活的，北京是鲁迅挚爱的第二故乡。

鲁迅明确说过他爱北京吗？说过的。

1936年4月，他在写给颜黎民的一封信里说："我很赞成你们再在北平聚两年；我也住过十七年，很喜欢北平。"这句"很喜欢北平"，是鲁迅深爱北京的一句总结性的话语。写这封信之后几个月，鲁迅就去世了。

鲁迅深爱北京，表现在许多方面，下面从七个方面来谈。

一、喜欢北京的文化氛围

1934年12月18日，他在写给杨霁云的一封信里说："中国乡村和小城市，现在恐无可去之处，我还是喜欢北京，单是那一个图书馆，就可以给我许多便利。"（《书信·致杨霁云》）遍数中国城乡，鲁迅说他还是喜欢北京。喜欢的原因，他只举了一个图书馆，但从那个"单"字，可以看出他还有其他喜欢北京的原因。我想，最重要的原因，大抵是因北京对于鲁迅的事业大有益处。北京是文化古都，精英荟萃，思想活跃，信息畅通，学术氛围浓厚，特别是文化设施丰富，如藏书甚丰的图书馆就有好几家。这些对于从事文学创作和学术著述的鲁迅来说，实在是太重要，太具有吸引力了。

鲁迅还说过，北京是个干"继古开今"事业的好地方。1935年初，传闻学者郑振铎要离开北京，鲁迅遂写信劝阻说："先生如离开北平，亦大可惜，因北平究为文化旧都，继古开今之事，尚大有可为者在也。"（《书信·致郑振铎》）当时鲁迅居住在上海，但他的心还是念着北京。他认为，要干继古开今的文化事业，北京这座文化古都太重要了。鲁迅还对他的亲戚阮和荪说过："要读书的话，就要到北京去，终究是北京的文化高。"（《再读鲁迅·鲁迅私下谈话录》，时代文艺出版社，2005年版）

总之，喜欢北京的文化氛围，是鲁迅深爱北京的首要原因。

二、喜欢逛北京琉璃厂

琉璃厂是北京的一条著名文化街，汇聚了无数典籍珍宝，鲁迅经常在这里盘桓，访书和搜集各种文化资料。他的日记、书信里屡屡留下他在琉璃厂的芳踪。鲁迅编印《北平笺谱》，特别能反映出他对北京文化的深爱，而编书所用的笺纸，大多是在琉璃厂买的。笺纸是一种集绘画、雕刻、历史、民俗于一体的艺术品，鲁迅深知其价值，便打算编一本"笺谱"，为后人留下一份珍宝。为此，他下大力收集过上海、杭州、广州和北京等多地制作的笺纸，但比较下来，觉得哪儿的笺纸也不如北京的好，于是决定编印一部《北平笺谱》。为了搜罗北京的笺纸，他多次到琉璃厂访求，他的日记里留下了到静文斋、宝晋斋、淳菁阁、松古斋及清秘阁买笺纸的记录。鲁迅是与郑振铎一起编制这本《北平笺谱》的，他在写给郑的信中说："去年冬季回北平，在留黎厂（即琉璃厂）得了一点笺纸，觉得画家与刻印之法，已比《文美斋笺谱》时代更佳，譬如陈师曾齐白石所作诸笺，其刻印法已在日本木刻专家之上……"（《书信·致郑振铎》）可见鲁迅用心之细和对笺纸鉴赏的品位之高。《北平笺谱》面世后，马上得到文化界的宝爱，一抢而空。鲁迅对郑振铎半开玩笑地说："至三十世纪，必与唐版媲美矣。"实际上，八十年以后的今天，这本书已成了文物，极为珍稀，相当昂贵了。

鲁迅很喜欢小古物，琉璃厂满足了他这个爱好。1925年2月3日他在日记中写道："略游厂甸，在松云阁买鸮尊一，泉一。又铜造像一，泉十。后有刻文云：'造像信士周科妻胡氏'。"厂甸，在琉璃厂街的中心地带。鲁迅买的都是古代的小物件，可以把玩欣赏的。那时的琉璃厂号称"宝玩填街"，确是不假。有一年春节鲁迅逛厂甸，从初一到十五，一共去

鲁迅致西谛（郑振铎）手稿　1933年2月5日（上）

鲁迅致西谛（郑振铎）手稿　1933年2月5日（下）

了七趟，一天的日记里写道："历览众肆，盘桓至晚方归。"可见鲁迅对琉璃厂的喜爱了。

三、喜欢逛北京的小市

北京的小市，也是鲁迅喜欢逛的地方。小市也叫鬼市，杂七杂八什么都卖，北京的官宦之家多，破落了的便把家当拿到小市上去卖，所以有时能捡到漏。鲁迅日记中有不少逛小市的记录。鲁迅有几年勤于抄碑、校勘碑，便经常收集拓片，他不仅在琉璃厂的碑帖铺购买，还在小市上寻觅。如他在1916年1月13日的日记中写道："午后与汪书堂、陈师曾游小市，买《吴葛祚碑》额拓本一枚，铜币四。"鲁迅对逛小市的兴趣十分高涨，有一次因下雪小市都没人摆摊了，但鲁迅还是去了，于是日记里留下了这样一行字："雨雪，午后往小市，无地摊。"

四、喜欢游览北京的名胜古迹

有人说鲁迅不爱游玩，说得不准确。鲁迅是个文史大师，喜读历史，所以喜欢游览名胜古迹，而北京恰恰是名胜古迹的渊薮，这成了他深爱北京的一大原因。他游览过的名胜古迹有先农坛、天坛、万牲园、陶然亭、什刹海、北海、钓鱼台、中央公园、香山碧云寺、法源寺、崇效寺、白塔寺等，这都在日记里留下了记录。如1912年5月19日记云："与恂士、季市游万牲园，又与季市游陶然亭，其地有造像，刻梵文，寺僧云辽时物，不知诚否。"万牲园就是今天的动物园，那时又叫万生园，所谓"万生"包括动物与植物，一进门往东是参观动物，往西是参观植物。鲁迅和他的朋友、兄弟多次去过万牲园。陶然亭那时很荒僻，但因有"江亭修禊"的典故，成了京城文人雅士的游赏之地。从日记看，陶然亭那时还有庙宇，庙中尚存古物。

鲁迅还带着母亲游览过钓鱼台。1925年4月11日的日记写道："下午同母亲游阜成门外钓鱼台。"又与朋友一起游览过钓鱼台。1926年3月7日的日记云："同品青、小峰等九人骑驴同游钓鱼台。"春风，驴背，一群人，想来是很有趣味的。这个钓鱼台，今天已改造成了钓鱼台国宾馆。

五、喜欢吃北京的饭馆

　　鲁迅在北京很喜欢下饭馆，特别是单身住在绍兴会馆时更是常去饭馆吃饭，而老北京发达的饭馆业很称鲁迅的心。他在日记里经常记下曾去过的饭馆的名字，如广和居、致美斋、便宜坊、集贤楼、同和居、南味斋、杏花春、玉楼春、森隆、燕寿堂、东兴楼、金谷春、中央饭店、福全馆、龙海轩、中华饭庄，新丰楼等，有好几十家。这当中有不少是高档饭馆，鲁迅的薪水不低，又有稿费，是吃得起的。但更经常去的还是一些中小饭馆，如1917年12月28日的日记写道："午同齐寿山及二弟在和记饭。"齐寿山是鲁迅在教育部的同事，"二弟"是周作人；和记，是一家卖清汤大碗牛肉面的小饭铺，在绒线胡同附近，离教育部不远，鲁迅在教育部上班时，经常在和记饭铺吃午饭。

　　鲁迅是南方人，但"很喜欢北方口味"（萧红《回忆鲁迅先生》），所以他经常光顾做北方饭的饭馆；但他毕竟是南方人，不能忘情南味菜肴，北京有不少饭馆都会做南味菜肴，这很对鲁迅的胃口，如广和居是一家"肴馔皆南味，烹饪精洁"的名饭馆，鲁迅住在绍兴会馆时经常光顾于此，总是满意而归。鲁迅还爱吃西餐，"番菜馆"是他常去之处，如有家叫"益昌号"的小番菜馆在他的日记里屡屡被提到。

六、喜欢住北京的四合院

鲁迅的老友许寿裳说："鲁迅爱住北平。"（许寿裳《亡友鲁迅印象记·西三条胡同住屋》）在北京，鲁迅居住过的住所都是四合院，地点有四处：南半截胡同绍兴会馆；新街口附近八道湾胡同；西四砖塔胡同；阜成门内宫门口西三条。其中八道湾和宫门口两处房产是鲁迅花钱购置的。

对于北京特色住宅四合院，我没见过鲁迅有过什么臧否文字，但我想他对这种住宅样式一定是喜欢的，不然他不会在北京的四合院里一住就是十多年，还把母亲和原配妻子朱安接来定居，而且还花费了相当数量的购房款。对于鲁迅来说，买房可是重大的开销。为了购买房产，鲁迅不知跑了多少条胡同，费了多少心思，对住宅的环境、交通、性价比等因素，做了周密的考虑，最后终于买到了称心合意的房子。现存的宫门口那个小四合院，被鲁迅规划、收拾得十分齐整雅洁，北屋接出的那间小屋子，是鲁迅的卧室兼工作室，即有名的"老虎尾巴"。看得出，鲁迅是很喜欢这个四合院的。

七、喜欢北京的气候和人情

鲁迅在写给章廷谦的一封信里说："杭州和北京比起来，以气候与人情而论，是京好。"（《书信·致章廷谦》）按说，杭州是很好的，上有天堂，下有苏杭，气候和人情都是不错的，但从鲁迅这句话来看，他还是更喜欢北京。论气候，北京四季分明，春夏秋冬各有景致和趣味，是会引起鲁迅的好感的。说北京"人情好"指什么？鲁迅没细说。我想，所谓人情就是人的情感表现，人的品性、脾气之类，鲁迅说的就是这个吧。周作人也说过他喜欢北京，说北京"宜于居住"，原因也是"气候与人情比别处要好些"。他对"人情好"的解释是："北平的人情也好，至少总可以说是大方。大方，这是很不容易的，因为这里边包含着宽容与自由。"（周作人《瓜豆集·北平的好坏》，河北教育出版社，2002年版）鲁迅说北京的"人情好"，应该与二弟的感受一样吧。

关于北京人，鲁迅虽然没写过专门的文章，但他在杂文《北人与南人》中说过一句话："北人的优点是厚重"，而北京人又确有敦厚持重的品性，所以把鲁迅这句话当作对北京人的评价也该算是靠谱的。在与鲁迅同时的不少民国文人的笔下，也都写过北京人的敦厚。当然，鲁迅也说过"厚重之弊也愚"——倘以此来衡量古旧年代的北方人，确也是实话。鲁迅在给萧军、萧红的信里还对北人和南人做过这样的比较："大约北人爽直，而失之粗，南人文雅，而失之伪。粗自然比伪好。"又在给萧军的信里说："我不爱江南。秀气是秀气的，但小气。"从鲁迅的这些话看，鲁迅是很喜欢北方人的，这自然也包括北京人。难怪他说北京的人情好呢。

对于北京的缺点，鲁迅也有所批评。比如，他批评北京的"土车"总把煤灰之类长期堆在街道上，有碍人们的生活。（《华盖集·通讯》）但他对北京的批评不多。

鲁迅所爱的北京，当然是老北京。老北京有些东西确实是魅力无穷的。老北京的精华，许多被新北京继承下来了，但也有的物事永远地消失了，可惜极了。像鲁迅那样爱北京吧，永远保护好她！

鲁迅口述拿来主义

改革开放已三十年，但排外思想并未尽除，晚清徐桐和拳民的幽灵仍时常游荡在世间。"非我族类，其心必异"，某些蹩脚理论家仍以此为圭臬；"爱国贼"更是砸车伤人，大闹街市。心有所感，便在中央编译局举行的一次出版座谈会上发言："应将鲁迅先生的杂文《拿来主义》，印成大字本，普遍发给机关、团体和基层。"这当然不是正式给当局提建议，而是在呼吁应该重视鲁迅的拿来主义，因为这个精彩思想可以醒脑、开智、祛愚。

鲁迅不仅写过杂文《拿来主义》，还在口头上简述过拿来主义思想。1933年，鲁迅与斯诺有过一席谈话，有云：

　　我对苏俄不了解，但我读过不少俄国革命以前的作品，他们同中国很有些相似之处。我们肯定有可以向俄国学习的地方。此外，我们也可以向美国学习。但是，对中国来说，只能够有一种革命——中国的革命。我们也有可以从自己的历史中吸取的教训。（《新华文摘》，2012年第4期，《斯诺与〈西行漫记〉前奏》）

　　细读这段话，可以发现这真是片言缩写的《拿来主义》。不管东方西方，不问姓资姓社，不拘古代现代，苟利国家之革新，人民之福祉，只要是好东西，统统可以拿来。但又必以中国为本位，以革命为依归。这就是鲁迅的拿来主义，何其正确，何其精警！这段话知者甚少，故录此以广之。

敌人的长处也要学

鲁迅在杂文《拿来主义》中，提出了拿来主义的思想和主张；他在此文中所说要拿来的，主要指外国的优秀文化和成功经验。但实际上，鲁迅在不少杂文和讲演中所常说的要"取法"亦即"拿来"的东西，则是包括古今中外一切好东西的，并不限于外国的优秀文化和成功经验。所以，我觉得可以把鲁迅的拿来主义理解为广狭二义。狭义的拿来主义，指取法外国的优秀文化和成功经验。广义的拿来主义，则涵义更为广泛——凡有益于我国家民族进步的东西，不论是古是今是中是外，鲁迅都是主张"拿来"的。这个"拿来"，即占有、挑选和吸取，亦即取法古今

中外一切有用的、有益的、好的东西——"恰如吃用牛羊，弃去蹄毛，留其精粹"。（《且介亭杂文·论"旧形式的采用"》）

关于"拿来"的路径，鲁迅有一个思想很值得重视，就是只要是好的东西，哪怕它"出处不好"，也应该"拿来"；换句话说，就是对于好东西无须纠结其来源是哪儿，"拿来"便是。过去人们对鲁迅的这个思想关注不够，实则这个思想十分重要。

姑举几条散见在鲁迅杂文和其他资料中的鲁迅语录。

一、要学习敌人的长处。鲁迅在《从孩子的照相说起》一文中说："即使并非中国所固有的罢，只要是优点，我们也应该学习。即使那老师是我们的仇敌罢，我们也应该向他学习。我在这里要提出现在大家所不高兴说的日本来，他的会模仿，少创造，是为中国的许多论者所鄙薄的，但是，只要看看他们的出版物和工业品，早非中国所及，就知道'会模仿'决不是劣点，我们正应该学习这'会模仿'的。"（《且介亭杂文》）

鲁迅认为，谁有优点，就应该向谁学习，谁有优点，谁就是老师，哪怕这优点是敌人的，哪怕这老师是敌人。鲁迅的这个观点，可谓彻底的拿来主义。日本的出版物和工业品相当精良，是因为他们模仿了先进的西方工业国。中国想赶超日本，首先就要学习日本的"会模仿"。会模仿，就是一种拿来主义。日本人是很懂得拿来主义的，他们搞明治维新，就是模仿西方，结果使日本很快强大。

鲁迅认为，一边排日，一边也要学日。他在《"日本研究"之外》一文中说："在这排日声中，我敢坚决的向中国的青年进一个忠告，就是：日本人是很有值得我们效法之处的。譬如关于他的本国和东三省，他们平时就有很多的书，……关于外国的，那自然更不消说。"（《集外集拾遗补编》）

鲁迅说这话的时候，日军已经侵占了辽宁、吉林两省，是敌国了。但在这时，鲁迅依然提出了自己的忠告，明确地告诉中国青年，要向敌国日本的优点学习。这个忠告，鲁迅是很坚决的，哪怕国内排日声浪巨大，也要告诉青年这个道理。这个道理，就是拿来主义。

一次在谈到青年人的学习问题时，鲁迅说："青年人要肯学习，什么都要看……不要单看革命的东西，反动的东西还是要看的，也要向敌人学习。"（武德运《鲁迅谈话辑录》，北京图书馆出版社，1998年版）看反动的东西，当然目的在于了解它，战胜它。向敌人学习，当然是学其优长，补自己之不足。要学习敌人的长处，这是鲁迅的一贯主张。

二、青皮无赖的韧性也要学。为与旧中国的黑暗作战，鲁迅主张韧性的战斗。为此，他认为不妨把青皮无赖的韧性精神也"拿来"。他说："世间有一种无赖精神，那要义就是韧性。听说拳匪乱后，天津的青皮，就是所谓无赖者很跋扈，譬如给人搬一件行李，他就要两元，对他说这行李小，他说要两元，对他说道路近，他说要两元，对他说不要搬了，他说也仍然要两元。青皮固然是不足为法的，而那韧性却大可以佩服。"（《坟·娜拉走后怎样》）

所谓"大可以佩服"，也就是可以"拿来"。这种青皮无赖本是很可厌的，但他们确有一股锲而不舍的精神，就是韧性。鲁迅认为，青皮固不足法，但他们的韧性值得学。与旧世界搏战，正需要这种"纠缠如毒蛇，执着如怨鬼"的韧性。

三、取法广东商家和日本人的"认真"。有人著文《如此广州》批评了广州某商家的迷信之举——为了压制街对面的老虎招牌,立起了玄坛财神(赵公元帅)和李逵的大像。鲁迅看后写了一篇读后感,说:"广东人的迷信似乎确也很不小……然而广东人的迷信却迷信得认真,有魄力,即如那玄坛和李逵大像,恐怕就非百来块钱不办……广东人的迷信,是不足为法的,但那认真,是可以取法,值得佩服的。"(《花边文学·〈如此广州〉读后感》)

历史上广东人的迷信很有名,直到前些年我出差去广东,仍感觉那里的人很迷信,店铺里都供着玄坛神像,有时还放鞭炮祈福或驱邪。鲁迅当然是不赞成迷信的,但他认为广东人办事的认真态度是可以"拿来"的。一般来说,中国人办事爱凑合、粗疏、马虎、模糊、敷衍、不认真,这是相当顽固的国民劣根性。所以鲁迅特别提倡"认真"二字,所以他对广东商家的办事认真很赞赏,认为应当取法。

鲁迅还认为应该学习日本人的认真精神。他曾对日本友人内山完造说:"中国四亿人民得了'马马虎虎'的病。不治好这种病,就不能救中国。可是,日

1936年鲁迅与内山完造、山本实彦摄于上海新月亭

本却有治这种病的灵药，那就是日本人的认真态度。所以，即使排斥整个日本，也要买来那种药。"（内山完造《思念鲁迅先生》，《文艺报》1956年第15期）我去过日本三次，觉得日本人特爱说"确认"二字，凡事就要说"确认一下"，这体现出日本人的认真精神。在鲁迅看来，即使日本哪儿都不好，他们的认真精神，也还是值得取法的。

鲁迅对于事物，善于辩证分析，即使是敌人，是青皮无赖，是迷信者，他也能洞悉其另一面。这另一面，就是可以"拿来"的好东西。对于"拿来"好东西，鲁迅是极具胆识和魄力的。他在《看镜有感》一文中曾夸赞汉唐"凡取用外来事物的时候，就如将彼俘来一样，自由驱使，绝不介怀"；鲁迅对于敌人、青皮和迷信者的长处的"拿来"，就很有这种汉唐气魄。

鲁迅的拿来主义，是勇敢的具有彻底性的拿来主义，是讲究辩证法的拿来主义。

鲁迅先生的忠告

日本文化是"杂种文化"，杂以"西"，杂以"中"，向西方学习，向中国学习，先脱愚入唐，再脱亚入欧，结果强健了日本的肌体，蕞尔岛国成了世界强国。

在日本的国民性中，拿来主义已渗透了骨髓。他们不怕拿来，好的就拿，管他来自何方。美国投它两颗原子弹，但美国的好东西，它照拿不误。日本人把敌人与敌人的好东西，区分得清楚极了。

但反观吾民一些愤青，却缺乏这种区分。他们常常把日寇与日本文明混同，把孙子辈的人民与爷爷辈的鬼子混同。

鲁迅先生对待日本是何种态度？我认为二语可以蔽之：抵抗其侵略，学习其优长，即抗日、学日也。"九一八"事变后，国人愤怒，焚烧日店，詈为"贼邦"，发生欲打翻全部日本文明的倾向，鲁迅却说："在这排日声中，我敢坚决的向中国的青年进一个忠告，就是：日本人是很有值得我们效法之处的。"鲁迅还说："即使排斥日本的全部，它那认真的精神这味药，也还是不得不买的。"他还说过："日本人是做事是做事，做戏是做戏，绝不混合起来。"

"认真"二字，我视为日本的国粹。我游日本，满耳是日本人说"确认""确认"，这是他们办事一丝不苟的表现。吾民则一向有办事马虎凑合不认真的陋习。鲁迅曾批评国人："中国实在是太不认真。"就说一个"卫生死角"，竟伴随了共和国六十年而犹存。我们确实应该像鲁迅所忠告的，拿来日本的"认真"这味药服一下。日本九级地震，其校舍的稳固，灾民的冷静、秩序和沉稳，也都很值得我们学习。

拿来主义的一个精义，是要会"别择"，就是别瞎拿，拿好的。日本人就极会别择。鲁迅说："日本虽然采取了许多中国文明，刑法上却不用凌迟，宫庭中仍无太监，妇女们也终于不缠足。"有个叫桑原骘藏的日本人写过一篇题为《中国的宦官》的长文，对本国没有学中国的太监制度颇为自豪，他说："独我国自隋唐以来广泛采用中国的制度文物，但惟有宦官制度不拿来，这不能不说实在是好事。"太监这东西，被鲁迅讥为"半个女人"，乃害国之毒物，日本人不拿去，自豪一下，也是应该的。

从遣隋唐使开始，日本人不知学去了我国多少好东西，但就是不学凌迟、太监和缠足这些丑陋的中国文化。他们也处死罪犯，但用的是比凌迟文明些的法子，他们不给天皇宫廷的男人去势，更不让妇人们受裹小脚的苦。他们真会别择中国文化，把其中的坏东西拦在了国门之外。反观我国，竟把凌迟、太监和缠足一直用到清末，直到改革党费了好大劲才在一百多年前废掉它们。

有位华人学者对日本宫廷无太监的原因做了分析，说那是因为他们是吃米吃鱼的民族，畜牧业不发达，所以不关心阉割，不会骗牲口，更不会骗人，终于没有骗出太监来。这个说法，颇有点遮蔽日本人长处的意味。

愤青多爱国，但一味反日并不可取。九级地震还称"好"，实有悖于人道公理和我中华素有之仁心。套一句鲁迅的话做忠告：即使排斥了日本的全部，它的那些优长，我们还是要学的。

关于"师如荒谬，不妨叛之"

"师如荒谬，不妨叛之。"这是鲁迅先生的一句著名警语。

出处是鲁迅1932年6月18日写给友人曹聚仁的一封信。信写得很长，谈了不少历史和社会问题，有的段落可以作为杂文、随笔来读。有个段落是专门谈师生关系的，"师如荒谬，不妨叛之"就是这个段落中的一句话。这个段落如下。

古之师道，实在也太尊，我对此颇有反感。

我以为师如荒谬，不妨叛之，但师如非罪而遭冤，却不可乘机下石，以图快敌人之意而自救。太炎先生曾教我小学，后来因为我主张白话，不敢再去见他了，后来他主张投壶，心窃非之，但当国民党要没收他的几间破屋，我实不能向当局作媚笑。以后如相见，仍当执礼甚恭（而太炎先生对于弟子，向来也绝无傲态，和蔼若朋友然），自以为师弟之道，如此已可矣。（《鲁迅全集》，第12卷，书信，致曹聚仁）

这个段落，有观点有例子，完整地表达了鲁迅对师生关系的看法，可以作为一篇独立的小杂文来读。

鲁迅一生有过三个重要的老师，三味书屋的寿镜吾，日本的医学老师藤野先生，国学老师章太炎。对前两位老师，他多是热爱、敬重，而对太炎先生，则感情要复杂一些，除了热爱、敬重，还有批评。"师如荒谬，不妨叛之"这句话，相当程度上就是因太炎先生而发的。上面引文中的例子，举的都是太炎先生。

"师如荒谬，不妨叛之"，首先要打破过分的师道尊严。鲁迅说"古之师道，实在也太尊"，是有道理的。在古代，"天地君亲师"，师是五尊之一，要写上牌位的。"师徒如父子"，叛师类似无君无父，大逆不道。江湖上更有"欺师灭祖，三刀六洞"的规矩。师道太尊便压抑了学生的见解，老师的谬误也得不到纠正，所以鲁迅对过头的沾了封建霉味的师道尊严很反感，决然认为，"师如荒谬，不妨叛之"。

"师如荒谬，不妨叛之"这句话，今天看来也许不算什么，但在师道"太尊"的年代，该算是石破

章太炎先生

天惊了。但鲁迅所说的"叛"，并不是对老师不尊敬了，而是指"叛"其荒谬的观点和作为，是观点之争，是非之争。

就像鲁迅说的，自己的小学（文字学）是跟太炎先生学的，但自己主张白话，太炎先生主张文言（又好写古奥文言，鲁迅有时看着都费劲），两人认的是两条道儿，所以只能"叛之"。鲁迅在《名人和名言》一文中说："太炎先生是革命的先觉，小学的大师，倘谈文献，讲《说文》，当然娓娓可听，但一到攻击现在的白话，便牛头不对马嘴……"（《且介亭杂文二集》）太炎先生在白话问题上的谬误一至于此，怎能不"叛之"？太炎先生还主张恢复守旧的投壶礼，鲁迅也不赞成，也只能"叛之"。

"师如荒谬，不妨叛之"，这在历史上其实是不乏其例的。梁启超"叛"过康有为，章太炎"叛"过俞樾，他们都写过《谢本师》，都因老师落伍，逆历史潮流，而毅然"叛之"。他们的"叛"，都是正当、进步的行为。我想，鲁迅在写"师如荒谬，不妨叛之"这句话时，心里是存着梁、章的例子的。

人们常说"我爱我师，尤爱真理"，这句话正确且显得恭敬，但并不彻底；彻底的是"师如荒谬，不妨叛之"。

虽然"叛"了老师的谬误，但对老师的正确方面，鲁迅认为是必须肯定、赞扬的；如果老师处境困窘，则要尽力帮助老师，而绝不可落井下石。他对太炎先生就是这样做的。

有人抓住章太炎的一点毛病，"攻其一点，不及其余"，鲁迅便为老师打抱不平。他在与黄萍孙谈话时说："现在有人对太炎先生不敬，这是不应该的，我们看人，不能仅从一个角度去下臧否，别的不说，单就拿大勋章做扇坠，在总统会客室里如坐茶坊酒肆，旁若无人般的那回事来说，这是何等气概。……袁世凯的力量能杀一万个章太炎，可是当时偏不损章太炎一丝毫发。今天有人批评太炎先生，试问此人有太炎先生的千分之一否？"（《再读鲁迅——鲁迅私下谈话录》，时代文艺出版社，2005年版）鲁迅是在勇敢地捍卫太炎先生的尊严和声誉。

鲁迅在逝世前十天，为了给章太炎鸣不平，还抱病写下了《关于太炎先生二三事》，全面评价了章太炎的一生，称太炎先生是"有学问的革命家"，盛赞了他的革命业绩，并赞为"先哲的精神，后生的楷范"；而对太炎先生的"参与投壶""接收馈赠"之类，则认为是"白圭之玷""并非晚节不终"。太炎先生的几间房子被国民党没收了，鲁迅说，"我实不能向当局作媚笑"，即坚决反对国民党当局的无理行为。

上面所引鲁迅写给曹聚仁的话，值得细细地咀嚼，它可以作为我们处理师生关系的重要参考。

一段关于辩证看人的经典文字

鲁迅是大文豪，写下的经典文字俯拾即是。关于怎么识人看人，我认为最经典的文字是他在《"题未定"草六》里说的一些话。

他说，对于陶渊明，论客总赞赏他的"采菊东篱下，悠然见南山"，以为他总是很飘逸；但实际上他还有"精卫衔微木，将以填沧海，刑天舞干戚，猛志固常在"之类的"金刚怒目"式的文字，这证明着他并非整日地飘飘然。这几句话很经典，意思是看人要全面地看，不要片面地看。

接着，鲁迅又说了一段话，我认为可谓经典中的经典。鲁迅写道：

这"猛志固常在"和"悠然见南山"的是一个人，倘有取舍，即非全人，再加抑扬更离真实。譬如勇士，也战斗，也休息，也饮食，自然也性交，如果只取他末一点，画起像来，挂在妓院里，尊为性交大师，那当然也不能说是毫无根据的，然而，岂不冤哉！我每见近人称引陶渊明，往往不禁为古人惋惜。（《且介亭杂文二集·"题未定"草六》）

在这里，鲁迅提出了一个"全人"的概念。所谓"全人"，就是用"全面眼光"所看到的人，或者说是用辩证眼光看到的人。如此所看到的人，才是真实的人。反之，取舍之，抑扬之，那就只能看到片面的人，或是完全离谱的人。

原本一个好好的勇士"全人"，却被看成只是一个单纯的战斗家，或是一个休闲家，或是一个美食家，甚或是一个性交大师。你说全无根据吧，倒也不是，但就是离谱得厉害，并非那个真实的勇士。这就是片面识人的结果。中国古代有盲人摸象的成语，大致也是这个意思。盲人们一取舍，大象就变成墙，变成柱子了。

有人曾抓住章太炎的缺点说些全盘否定的话，鲁迅就站出来说，"我们看人，不能仅从一个角度去下臧否"，"对太炎先生不敬，这是不应该的"。意思是要看到太炎先生的"全人"才对。

毛泽东说，鲁迅前期的杂文有片面性，后期的就没有了。《"题未定"草六》是鲁迅去世前半年多写的，当然算是后期杂文，确是没有片面性，而且还批评了看人方法上的片面性，还提出了看人要看"全人"这一方法。毛泽东又说，鲁迅后期杂文之所以没有片面性，是因为他学会了辩证法。对毛泽东的这句话，一些学者曾举出鲁迅杂文中有辩证思想的文句做注脚。但我要说，我引的这段鲁迅语录堪称一个最典型的例子。毛泽东又说过，看人不仅要看他的一时一事，还要看他的全部历史和全部工作。这也就是看人要看"全人"的意思。

我相信毛泽东是看过鲁迅《"题未定"草六》这篇杂文的，看了以后他一定会拍案称绝，会心一笑，赞赏鲁迅的深刻和幽默。

袁世凯的剪辫令

对于袁世凯，鲁迅在多篇文章中提到过他，基本都是否定性的，如说他"在辛亥革命之后，大杀党人，……因为他正是一个假革命的反革命者"（《伪自由书·杀错了人异议》），又说，民国二年以后，袁世凯"对于异己者何尝不赶尽杀绝"（《集外集拾遗补编·庆祝沪宁克复的那一边》）。总之，在鲁迅笔下，袁世凯是个坏家伙。

但鲁迅也说过一句袁世凯的好话，就是他在《忧"天乳"》一文中说的："男男女女，要吃这前世冤家的头发的苦，是只要看明末以来的陈迹便知道的。我在清末因为没有辫子，曾吃了许多苦，所以我不赞成女子剪发。北京的辫子，是奉了袁世凯的命令而剪的，但并非单纯的命令，后面大约还有刀。否则，恐怕现在满城还拖着。"（《而已集》）

所谓"明末以来的陈迹"，就是那段"留头不留发，留发不留头"的惨史。为了抗拒剃头留辫子，那时不知死了多少汉族人。按鲁迅的说法，就是"这辫子，是砍了我们古人的许多头，这才种定了的"。但到了清末辛亥时期，剪辫子又成了一件费劲的事，许多汉人坚决不剪，非拿刀逼着剪才行。

鲁迅说，"北京的辫子，是奉了袁世凯的命令而剪的"，这句话肯定了袁世凯的行为。1912年3月，袁世凯南京临时政府下令"人民一律剪辫"，同年11月初，袁世凯在北京发布政令，有"剪发为民国政令所关，政府岂能漠视"等语。由于当时许多老百姓不执行政府的剪辫令，所以袁政府不得不采取一些强制措施，这就是鲁迅所说的袁的剪辫令"并非单纯的命令，后面大约还有刀"。如果不强制剪辫，那结果也许真会像鲁迅所说的："恐怕现在满城还拖着（辫子）。"

剪辫子，这在当时具有革命的意义。不仅有民族革命的含义，也具有革除野蛮愚昧，迈向文明的意味。因此，袁世凯发布的这项剪辫令，是具有进步意义的。因之，不论袁世凯曾干过多少坏事，这件事总是应该肯定的。

鲁迅的辫子是在辛亥革命前的日本留学时剪掉的，回国后遇到很大麻烦，所以他在《忧"天乳"》中说："因为没有辫子，曾吃了许多苦。"这吃苦的事，在他的《病后杂谈之余》一文里有较详的记述。

断发照，鲁迅1903年摄于日本东京

对于当满清的子民留辫子，鲁迅一向是深恶痛绝的，既因这是当满人奴隶的象征，也因辫子太累赘，太难看，像个猪尾巴。他的挚友许寿裳曾说："鲁迅对于辫子，受尽痛苦，真是深恶而痛绝之。"对于留辫子给中国人民带来的苦痛，鲁迅更是念兹在兹，看得极重。他在短篇小说《头发的故事》里说了这样两句话："我不知道有多少中国人只因为这不疼不痒的头发而吃苦，受难，灭亡。"又说："你可知道头发是我们中国人的宝贝和冤家，古今来多少人在这上头吃些毫无价值的苦呵！"（《呐喊》）说得极为沉痛。

正因为鲁迅对留辫子深恶痛绝，所以他对辛亥革命所造成的剪辫运动便抱有一种欢迎和兴奋的态度。他在《病后杂谈之余》一文里说："假如有人要我颂革命功德，以'舒愤懑'，那么，我首先要说的就是剪辫子。"（这句话鲁迅加了着重号。《且介亭杂文》）他所说的革命功德，是指辛亥革命的功德，可见他把剪辫子视为辛亥革命的一大功绩。然则，他对袁世凯的剪辫令抱以肯定的态度，也就是很自然的了。

有史家论定，袁世凯是"乱世之奸雄，治世之能臣"，我觉得有些道理。袁世凯"窃国"称帝，确实是奸雄一个。但他也做过一些好事，如训练新式军队，建设新式城市、发展工商业、修造铁路等。下剪辫令也是他做的好事之一。做了好事就应该肯定。所以，鲁迅记了他一笔。

为鲁迅的两个怨敌说些好话

鲁迅先生一生，怨敌可谓多矣。有的人，鲁迅不依不饶地骂，骂得他们灰头土脸，甚至身败名裂。比如顾颉刚和杨荫榆就是两个挨骂极多的鲁迅的怨敌。鲁迅所骂，当然绝非无缘无故，而是有道理在的。不仅骂顾颉刚和杨荫榆有道理在，骂其他怨敌也并非无故，这是我们认识鲁迅骂怨敌的基点。

如今，骂仗的硝烟早已消散，鲁迅和怨敌都去了另一世界，我们可以更客观地评说他们了。

对鲁迅的评价无须多说，他的文学家、思想家、学问家、革命家的地位是不可动摇的，毛泽东对他的评价也是不可动摇的。但鲁迅在与怨敌交恶的过程中，也表现出一定程度的狭隘、多疑和尖刻，这也是毋庸讳言的。

由于鲁迅的伟大，所以被他骂的许多怨敌，几十年来，甚至到了现在，依然是灰头土脸，翻不过身，为世人所轻蔑，所鄙视，所另眼看待。其实，被鲁迅所骂的人并不都是坏人，即使是不大好的人，有严重缺点的人，也未尝没有值得肯定之处。因此，看鲁迅的这些怨敌，需要全面地看，辩证地看，要按照鲁迅自己所说的察人之法去看，即要看"全人"。

按照看"全人"的原则，顾颉刚和杨荫榆这两个鲁迅的大怨敌，都是很有长处可以表一表的。

先说顾颉刚。鲁迅的挚友曹聚仁说："在鲁迅的笔下，顾颉刚是十足的小人，连他的考证也不足道。"（曹聚仁《鲁迅评传·南行——在厦门》）就是说，鲁迅认为顾颉刚不仅人品不佳，学问也不好。其实，顾颉刚固然有缺点和错误，如他认为鲁迅的《中国小说史略》是"剿袭"（抄袭）的，就很不对（鲁迅并未抄袭），这大伤了鲁迅的心。但他在做人和做学问上还是很有值得肯定和夸赞之处的，不能一概抹杀。比如他在关心提携后学上无微不至，常令后学铭感寸衷，他的学生对他有"胸怀闳廓醇厚，从他问学如坐春风"的评价；在做学问上他更是大师级的。正如曹聚仁所说："顾颉刚也是笃实君子，做考证，十分认真。"（曹聚仁《鲁迅评传·南行——在厦门》）"顾颉刚先生倒是颇有学究气味。"（曹聚仁《鲁迅评传·他的师友》）他认为顾颉刚是个忠厚实在的人，学问也做得很好。曹聚仁的这个意见，是不应当忽视的。

鲁迅还把顾颉刚写入《故事新编》加以嘲讽，还常嘲弄顾颉刚的外貌，把顾形容得很猥琐，在给亲友的信中常以"红鼻""鼻公"代称顾，这自然也是不妥的。曹聚仁在《鲁迅评传》里点评说："鲁迅有一封信形容顾颉刚在广州时的猥琐样儿，也是有点过分的。"（曹聚仁《鲁迅评传·南行——在厦门》）这个批评是对的。实际上，顾颉刚的外貌还是不失大学者的气度的。

我读过顾颉刚先生的一些书，对他的学问是很佩服的。他是著名的历史学家、民俗学家，古史辨学派创始人，是现代历史地理学和民俗学的开拓者和奠基人。这是中国史学界和民俗学界公认的。他与鲁迅一样，都是新文化运动中涌现出的大师。

顾颉刚的著述，最获我心的是洋溢在其中的汪洋恣肆的恢弘气度，他学域宽广，所研治的多是史学的大题目，触摸的是历史的大脉络，他堪称史林中的战略家。他还"以学问救国"，致力于边疆和民族的历史与现状的研究，为挽救民族危亡尽了一份历史学家的责任。

顾颉刚的许多著述，充盈着胆识和奇气，敢于推倒前人成说，敢发前空古人的创见，令人击节叹赏。在学术观点上，他备受赞扬，也饱受误解和争议，是个让众人喧哗的史学家。

顾颉刚的目光，既宏大又精微，大至三皇五帝，小到一字一唱本，都能烛照洞明，抉隐发微。读顾书，遥远的古事，仿佛近在昨日；乱麻似的万象，令人觉得分明清晰。

顾颉刚研究问题，常向低处广处看，老百姓的历史是他经常关注的课题。他的笔端，常带着对平民百姓的热烈感情。他作的《民俗·发刊词》，堪称热血文字。

顾颉刚以擅治佶屈聱牙的《尚书》闻名，但他自己作文却爱写晓畅平易的白话。高深的学术问题，他常用娓娓的白话道出。与扬雄的"以艰深之辞，文浅易之说"正相反，他是以浅白道艰深，化玄奥为平常。

顾颉刚是中华书局出版的"二十四史"和《清史稿》的标点工作的"总其成"者。周恩来总理曾有批示："'二十四史'中除已标点者外，再加《清史稿》，都请中华书局负责加以组织，请人标点，由顾颉刚先生总其成。"仅此一个任命，就可知顾颉刚的学术地位。

虽然鲁迅看不上顾颉刚，尖刻地讽刺过顾颉刚，但这绝不影响顾颉刚在中国学术史上的重要地位。曹聚仁说，顾颉刚与鲁迅，"只能说各有所长，不必相轻"。说得很对，他们二人的学问和写作，确是各有自己的特点和长处。当然，若论对中华民族的总体贡献，鲁迅还是大于顾颉刚的。

再说杨荫榆。杨荫榆在鲁迅史事的语境里，是个地道的反角，中学教科书里留下了她的坏形象，《鲁迅全集》注释说她"依附北洋军阀，压迫学生，是当时推行帝国主义和封建主义的奴化教育的代表人物之一"。但这其实并非她的"全人"。

杨荫榆曾在多所学校教过书，获得过学生的好评，她是中国历史上第一位女性大学校长，又曾创办名为"二乐女子学术研究社"的私立学校，自任社长即校长，招收的学生大都是家境贫寒的女工或女童。杨荫榆在中国教育事业上，还是有劳绩的。许广平曾对她的教育工作有过这样的评价："关于她的德政，零碎听来，就是办事认真、朴实，至于学识方面，并未听到过分的推许或攻击，论资格，总算够当校长的了。"许广平承认杨荫榆也有优点，这是实事求是的评价。

杨荫榆最值得称扬的，是她在抗战期间有过抗敌的勇敢行为。杨荫榆是作家杨绛（钱钟书夫人）的三姑母，杨绛在《将饮茶·回忆我的姑母》中写道：

> 日寇侵占苏州……三姑母住在盘门，四邻是小户人家，都深受敌军的蹂躏。据那里的传闻，三姑母不止一次跑去见日本军官，责备他纵容部下奸淫掳掠……街坊上的妇女怕日本兵挨户找"花姑娘"，都躲到三姑母家里去。1938年1月

1日，两个日本兵到三姑母家去，不知用什么话哄她出门，走到一座桥顶上，一个兵就向她开一枪，另一个兵就把她抛入河里，他们发现三姑母还在游泳，就连发几枪，看见河水泛红，才扬长而去。（三联书店，1987年版）

杨荫榆曾在日本东京高等师范学校留学，日语非常娴熟，所以她能用日语与日本军官做面对面的抗争。据说杨荫榆还向日本军官递交过用日文写的抗议书。

杨绛的这段记述，是可以视为信史的。这段记述看似平实，实则惊心动魄，使人不禁想起日寇随意屠杀中国平民的场景，想起南京的难民区。这段史事，发生在1937年到1938年这段时间，此时正是日寇气焰万丈之时，南京大屠杀也正发生在这段时间里。想想看，杨荫榆面对的该是怎样一群穷凶极恶的兽兵！日本兵何以要杀杨荫榆？就因为她阻碍了他们的奸淫掳掠。杨荫榆，不过一弱女子，面对凶残的日本兽兵，竟能当面斥之，这该需要多么大的勇气。为了保护受难的中国妇女，她把自己的家当成了"难民区"，这是多么可贵的救人于危难的精神。

关于杨荫榆的直接死因，有一些不同说法。一说是因日寇强占了杨荫榆家的房舍，杨去讨要，斥责日寇，被杀；一说是因日寇强占了杨荫榆的邻居家的房舍，杨去交涉讨要，斥责日寇，被杀；一说是日兵抢走了杨荫榆家的名贵家具，杨去讨要，日兵怀恨在心，骗杨离家，杀之。这些说法的来源有二，一是据说是杨荫榆的某邻居提供的；二是无锡诗人杜兰亭所写的长诗《哀榆曲》里说的。这些说法，有两个共同点，一是都说了杨荫榆曾当面斥责日寇，二是都说了杨荫榆因反抗日寇而被害。这两点也与杨绛的记述相同。不同的是，杨绛还记述了杨荫榆保护妇女，斥责日兵奸淫的勇敢行为。综合观之，杨荫榆的死因，是因为她反抗了日寇，让日寇的奸淫掳掠受到了阻碍。

网上有文章说，日军侵占苏州后曾要杨荫榆出任伪职，遭到了杨的严词拒绝。若果真如此，这也是杨荫榆勇敢的抗敌行为。

杨荫榆斥敌而死，固然比不上战场上的抗敌牺牲壮烈，但性质却一样。抗日，有各种方式，有拿枪的，有徒手的，有杀敌的，有斥敌的。杨荫榆的斥敌和不任伪职，正是抗日的勇敢行为。在民族大义上，杨荫榆是无愧的，是有气节的。

杜兰亭所写的长诗《哀榆曲》有这样几句："捋须虎口语铮铮，却得胡酋声唯唯。奴隶如何有主权，回头性命片时捐；淙淙桥下清波浅，凄咽声嘶说可怜。铜驼荆棘悲如许，彤管何人传烈女？"记下了杨荫榆的抗敌行为和惨死。这是民间的悲悼，是老百姓的纪念。

我敢肯定，鲁迅先生若是死在杨荫榆之后，对她在日寇面前威武不屈的行为一定是会赞扬的，鲁迅绝不会拿杨荫榆过去的错误抹杀她闪光的晚节。

鲁迅关注赌博问题

赌博是一种社会病。鲁迅对这种社会病颇为关注，在文章里多次提及赌博问题。

他曾提出过应该研究赌博史。他在给曹聚仁的一封信里说，中国历史应该重编一部，比如需要着手的有社会史、艺术史、赌博史、娼妓史、文祸史，等等。赌博史为其中之一。

国民党曾发行彩票，鲁迅认为"近似赌博"，在《中国的奇想》一文里，他批评说："固然世界上也有靠聚赌抽头来维持的摩纳科王国，但就常理说，则赌博大概是小则败家，大则亡国。"（《准风月谈》）把赌博的危害说得很明白。又讥刺道："狂赌救国，纵欲成仙，袖手杀敌，造谣买田，倘有人要编续《龙文鞭影》的，我以为不妨添上这四句。"（同上）认为拿"救国"当幌子的赌博，实际是误国。

在《观斗》一文里，他写道："最普通的是斗鸡，斗蟋蟀，南方有斗黄头鸟，斗画眉鸟，北方有斗鹌鹑，一群闲人们围着呆看，还因此赌输赢。"（《伪自由书》）此文主要谈的是中国人的喜斗和御侮问题，但涉及了赌博现象。鲁迅观察细微，观察到斗禽鸟时也夹杂着赌博。这是一种以"斗"为方式的赌博。

鲁迅注意过赌徒的心理。他在《读书杂谈》一文里说，真正的赌徒"目的并不在赢钱，而在有趣……它妙在一张一张的摸起来，永远变化无穷"，而那些意在赢钱的赌徒，"算是下品"。（《而已集》）看来鲁迅对赌徒的心理是揣摩透了的。原来，赌博的最高层次是为了满足"赌趣"。

鲁迅认为文学作品写到赌博时，应该写写赌徒的心理。作家章廷谦写过一篇短篇小说《赌徒日记》，鲁迅知道了，写信给章说："赌徒心理的变幻，应该写写的，你'颇有经验'……"（《书信·致章廷谦》）他认为赌徒的心理值得在作家笔下得到反映。

在《阿Q正传》里，阿Q被描写为一个赌徒。鲁迅这样写阿Q："假使有钱，他便去押牌宝，一堆人蹲在地面上，阿Q即汗流满面的夹在这中间，声音他最响：'青龙四百！''咳……开……啦！'桩家揭开盒子盖，也是汗流满面的唱。……阿Q的钱便在这样的歌吟之下，渐渐的输入别个汗流满面的人物的腰间。"阿Q不是个单纯老实的农民，而是个有游民气，一身毛病的农民。写阿Q赌博，很有助于塑造他的游民气。

为了创作的需要，鲁迅还研究过一点赌博的方法。他在回答苏联人王希礼为翻译《阿Q正传》提出的有关赌博的问题时，专门画过一张详细的赌博方法的图示，并按图说明了"天门"的位置及具体的赌法。又向《阿Q正传》的日文译者山上正义解释了押牌宝中的"角"和"穿堂"："把赌注压在角和穿堂的人，则与两侧的胜负相同，如两侧为一胜一负，则角和穿堂无胜负。"（《〈阿Q正传〉日译本注释手稿》）还给山上正义画了一张押牌宝的解说图。

对于庄家在赌场上设局骗钱和打人抢钱的勾当，

鲁迅也关注过，并知晓其底细。他在《四论"文人相轻"》一文里写道："如果在冷路上走走，有时会遇见几个人蹲在地上赌钱，庄家只是输，押的只是赢，然而他们其实是庄家的一伙，就是所谓'屏风'——也就是他们自己之所谓'朋友'——目的是在引得蠢才眼热，也来出手，然后掏空他的腰包。"（《且介亭杂文二集》）庄家，多是些地痞流氓，绍兴人谓之"空手人""拆白党"。所谓"屏风"就是赌托儿，也是骗子之一。鲁迅对他们的骗术非常明白，就是先让你赢，吸引你，然后再把你的钱掏光，也就是"将欲取之，必先与之"的鬼点子。

对于庄家打人抢钱，鲁迅在为《阿Q正传》日译本注释时写道："这是赌场的庄家常干的勾当。假如村民赢了，他们的一伙就来找碴斗殴，或者冒充官员抓赌，打人抢钱。"（《〈阿Q正传〉日译本注释手稿》）因为庄家多是地痞流氓，凶横得很，所以惯用斗殴打人这类流氓手段对付赢了钱的村民，这已经不是骗，而是明抢了。

为何鲁迅关注赌博问题？大致有三点原因：

一是为了解社会病状。娼赌毒是旧中国黑暗社会的一角，是败坏社会风气的病态行为，是历史久远的几大职业，是与黑暗的社会制度紧密相连的社会病状。鲁迅一生研究中国社会，研究中国人的各种病态，所以他那富于观察力的眼睛，自然不会放过赌博这种社会病，包括它的历史和现状。把阿Q写成赌徒，就是鲁迅观察社会，观察人物行为的结果。

二是鲁迅关注赌博，可能与他自己的经历有些关系。鲁迅的一个近支族人岐叔就是因为自暴自弃沉溺于赌博中而早亡的，鲁迅为此深为叹息。鲁迅自己还直接受过赌徒的扰害，他在北京寓居绍兴会馆时，邻居经常夜赌吵闹，吵得他无法入睡。鲁迅深知，赌博是一种能毁人败家祸国的东西，对中国社会的腐蚀极深，必须要消灭这种社会病。

三是创作的需要。写人物赌博，自然要了解赌博的方法和风习，还要了解赌徒的心理，这样才能写得像，写得生动。《阿Q正传》里的赌博情节就写得非常生动、真切。

鲁迅祭书神小考

一、一篇骚体祭文

《祭书神文》，是鲁迅先生青年时写的一篇祭祀文字，录自周作人日记，收入《鲁迅全集》的《集外集拾遗补编》。

祭文有小序，有正文，云：

上章困敦之岁，贾子祭诗之夕，会稽戛剑生等谨以寒泉冷华，祀书神长恩，而缀之以俚词曰：

今之夕兮除夕，香焰缊缊兮烛焰赤。钱神醉兮钱奴忙，君独何为兮守残籍？华筵开兮腊酒

香，更点点兮夜长。人喧呼兮入醉乡，谁荐君兮
一觞。绝交阿堵兮尚剩残书，把酒大呼兮君临我
居。缃旗兮芸舆，挈脉望兮驾蠹鱼。寒泉兮菊
菹，狂诵《离骚》兮为君娱。君之来兮毋徐徐。
君友漆妃兮管城侯。向笔海而啸傲兮，倚文冢以
淹留。不妨导脉望而登仙兮，引蠹鱼之来游。俗
丁伧父兮为君仇，勿使履阈兮增君羞。若弗听兮
止以吴钩，示之《丘》《索》兮棘其喉。令管城
脱颖以出兮，使彼惙惙以心忧。宁招书癖兮来诗
囚，君为我守兮乐未休。他年芹茂而椠香兮，购
异籍以相酬。

祭文实际是一首骚体诗，可见青年鲁迅深受《楚
辞》和《文选》的影响。文中含有许多关于书籍文墨
的典故，行文既庄严且潇洒，一派读书人气息，可见
青年鲁迅的知识储备之厚，古文根底之好，情怀之高
洁。祭文中似也含着一点幽默。

这篇祭文没有见到过有人翻译过来，偶在《湛江
日报·百花》（2019年2月11日）上见到一篇宋立民同
志的译文，信达雅兼具，觉得很好，录之如下。

庚子年的除夕，贾岛用一年的诗篇守岁的晚上，绍兴人士周树人等，谨以一瓢清泉，一束鲜花，敬献给书神，叩谢长恩，并伴以下面通俗的诗歌吟唱：

　　除夕夜香烟弥漫摇曳烛光，
　　财神醉醺醺钱奴忙得够呛。
　　冷冷清清的书神我的至爱，
　　守一堆旧纸残书能不心慌？
　　大餐开动看酒香化入夜长，
　　醉鬼吆五喝六谁敬你一觞？
　　与金钱绝交我破书堆满床，
　　书籍举酒杯邀请书神尝尝。
　　金黄的绸子旗香草扎车辆，
　　银白色书虫真是仪态万方。
　　寒泉酒配上菊花做的祭菜，
　　祝酒词是离骚里秋菊落英。
　　书神书神你不要姗姗来迟，
　　笔墨朋友们已在迎宾欢唱。
　　你就朝文笔之海高歌引吭，

或带领书虫大军遨游八方。

油腻的钱奴们你嗤之以鼻，

不许此辈靠近圣洁的门墙。

如果胆敢耍无赖非要硬闯，

用九丘八索塞满他们口腔。

毛笔也是刀剑能脱颖而出，

会把敌手吓得只剩下栖遑。

宁可呼唤书呆子诗歌囚徒，

守在你我的身边其乐无疆。

待来年我跃上龙门成气候，

一定买来珍本书恭祝寿康。

近年来，常有研究鲁迅的文章提及这篇祭文，但都没有足够的解说，少数几篇专门介绍这篇祭文的文章，也都是从研究诗歌的角度来谈的。笔者拟从另外的角度谈谈有关这篇祭文的几个问题。

二、鲁迅是否真的祭书神了

从一些谈《祭书神文》的文章看，好像鲁迅只是单纯写了此文，而并未亲身祭祀，是为写而写的，甚至有文章说，"是戏作的"。我看并不是这样。鲁迅是亲身祭了神的，这篇《祭书神文》是一篇实际使用过的祭祀文字。这从小序中可以看出一点端倪："上章困敦之岁，贾子祭诗之夕，会稽戛剑生等谨以寒泉冷华，祀书神长恩，而缀之以俚词曰：……"呈上祭品，念诵祭文，鲁迅确实是祭了神的。但也许有人会怀疑，祭文可能仅仅是书面文字吧，单写不祭也是有可能的。不错，实际生活中也许有那种单写不祭的情况，但《祭书神文》不属此类。

读读周遐寿（周作人）《鲁迅的故家》一书中的有关章节，更可以知道鲁迅确实是亲身祭了书神的。此书的第一部分《百草园》中有一节是《祭书神》，是专谈祭书神事的，其中写道：

> 旧日记从戊戌年写起，戊己两年的除夕没有什么特别记事，庚子年稍详，文曰："晴，下午接神，夜拜像，又向诸尊长辞岁，及毕疲甚。饭后祭书神长恩，豫才兄作文祝之，稿存后，又闲谈至十一点钟睡。"（上海出版公司，1953年版）

文中所引的日记，是周作人自己的日记，是庚子年除夕即公元1901年2月18日那天的。日记中所说的"豫才兄"，即鲁迅。细读这天的日记，可以看出，从接神、拜像（指拜祖先神像）、辞岁，到祭书神，都是一件一件实际做过的，日记是据实记录的。关于拜像、辞岁二事，《鲁迅的故家》里还有详细的说明。"饭后祭书神长恩"，周作人日记里的这句话，是明明白白的，与《祭书神文小序》中的"祀书神长恩"一语可以互相印证。鲁迅不仅祭了书神，而且祭祀的时间也是严格按照绍兴习俗（除夕为祭书神之时）办的，而不是自己随意定的。祭祀书神者，不只有鲁迅，还有周作人，《祭书神文小序》中说的"会稽戛剑生等"，就包括了周作人。周作人是以祭书神的亲历者的身份写下日记中的那些话的，所以他的话是可信的。

三、书神长恩是怎样的神

鲁迅祭祀的书神是怎样一个神呢？《鲁迅全集·集外集拾遗补编·祭书神文》注4引明人笔记《致虚阁杂俎》云："司书鬼曰长恩，除夕呼其名而祭之，鼠不敢啮，蠹鱼不蛀。"可知这个书神名叫长恩，又叫"司书鬼"，其神职是掌司书籍不被鼠啮虫蛀。从"司书鬼"的"鬼"字来看，这个书神似是由某人死后变化而来的，但不知其具体的来历。

据笔者查考，明人笔记《致虚阁杂俎》中这段关于长恩的文字，早在宋人吴淑《秘阁闲话》和元人欧阳玄所著的谈鬼专书《睽车志》中就有了，这是所见最早的关于长恩的文字。这表明，至晚在宋元时代，就已有祭祀长恩的习俗了。明清文献中，除了《致虚阁杂俎》，明人张岱《夜航船》卷十八《荒唐部·鬼神》及清人阮葵生《茶余客话》卷十六中也有关于书神长恩的记载。《夜航船》与《睽车志》的文字基本相同。《茶余客话》则略有不同，云："司书有鬼，名曰长恩。除夕呼其名而祭之，则不蠹。见《致虚杂俎》。"《致虚杂俎》即《致虚阁杂俎》。

长恩是个颇受古代士人青睐的神明。林则徐曾为清代藏书家庄有麟的藏书楼题名为"长恩书室"，庄氏所辑的一套丛书名为《长恩室丛书》。另一清代士人傅以礼的藏书处称为"长恩阁"，其所辑的丛书名为《长恩阁丛书》。

四、何以称"书鬼"为"书神"

长恩在上引古籍中被称为"司书鬼",鲁迅却称长恩为"书神",这一称"鬼",一称"神",怎样解释呢?可以从两方面来解释。

其一,在中国人的传统观念中,鬼与神常常是不分的,"鬼神"常连称为一个词。鲁迅在《中国小说史略》第二篇《神话与传说》中说到过这种神鬼不分的情况。他在分析中国神话仅有零星遗存的原因时说,"其故殆尤在神鬼之不别",又云:"天神地祇人鬼,古者虽若有辨,而人鬼亦得为神祇。"又在《中国小说的历史的变迁》中说:"中国古时天神,地祇,人,鬼,往往淆杂。"在中国人的心目中,鬼,有时可以谓之"神",神,有时也可以谓之"鬼",鬼神杂淆,是中国传统鬼神观的一个特点。所以,长恩既可以谓之"书鬼",也可以谓之"书神"。鲁迅是知道长恩一向被称为"司书鬼"的,但他也知道"人鬼亦得为神祇",所以便以"书神"来称长恩。

其二,鬼与神在传统观念中常常不分,还只是一种情况，与其并行的另一种情况是，鬼、神在很多时候还是区分的，鬼是鬼，神是神，不能混淆，但有的鬼可以称为"神"。比如，鬼分善恶，善鬼代表善良、美好，恶鬼代表丑陋、凶恶，其中许多善鬼就可以被称为"神"。司书鬼是保护书籍的善鬼，所以又可称为"神"。鲁迅之所以没有沿袭古籍里的叫法，称长恩为"书鬼"，而是谓之"书神"，除了鬼与神可以互称的原因外，更是由于长恩是善鬼，而鲁迅对这个善鬼又抱有很大的好感。"书神"，实际是鲁迅对长恩的敬称。鬼升华成了神。

以上是我对鲁迅将书鬼称为书神之原因的推测。

五、怎样看待鲁迅祭书神

也许有人觉得，怎么堂堂大思想家鲁迅先生，也祭过神呢？信鬼神总不是一件好事吧。其实这很好理解。鲁迅写《祭书神文》的时候，才19岁，那时是晚清，社会上祭祀鬼神的风气还很盛，除夕的接神、拜祖先、祭书神等，不过是社会上祭神风气中很小的一部分。鲁迅作为一名普通人，参加祭神活动，祭祀书神，是一件很平常的事，毫不足怪。鲁迅不是天生的无神论者、唯物论者。毛泽东信奉马列主义，但年幼时不也信过鬼神吗？他与斯诺谈话时说过这一点。这是那个时代的风气使然，超越时代倒是奇怪的了。

旧时人们祭神，总有一定的功利目的。鲁迅祭书神，也是有的，就是希望书神保佑自己的书籍"鼠不敢啮，蠹鱼不蛀"，完好无损。但要说鲁迅祭书神就真把书籍的安全托付给了书神，当然也不是；鲁迅还是要自己料理和保护藏书的，祭书神不过是他表达愿望的一个形式而已。

鲁迅祭书神与商贾祭财神，大有区别。祭财神有铜臭味，祭书神则透出清寒和一缕书香。祭文小序说，供品是"寒泉冷华"，即泉水和花束，清寒得很。祭文末尾云："宁招书癖兮来诗囚，君为我守兮乐未休。他年芹茂而樨香，购异籍以相酬。"完全是读书人的笔意和愿景。以珍异的书籍来酬谢书神，飘溢着书香，体现出鲁迅的书生本色。

《祭书神文》是鲁迅一生中写的唯一一篇祭祀文字，是鲁迅文章中比较特殊的一篇。从这篇文字中，除可看到青年鲁迅的志趣和古典文学修养外，还可以体察出鲁迅当时所处的时代的民俗文化氛围，以及鲁迅当时的一些俗文化观念。这篇祭文对于研究青年时期的鲁迅是颇有价值的。

略谈"史家之绝唱，无韵之《离骚》"

鲁迅对司马迁的《史记》有两句赞誉的评语，尽人皆知，就是："史家之绝唱，无韵之《离骚》。"

第一句，即用"史家之绝唱"评《史记》，我认为评得正确，评得极好。"绝唱"者，最高水平也，前无古人，后无来者也。这其实不只是鲁迅一个人的意见，而是古来有眼光的学者的共同意见。东汉学者桓谭评曰："通才著书以百数，惟太史公为广大，余皆丛残小论。"认为《史记》乃宏阔的大手笔。宋元之际史学家马端临评曰："《诗》《书》《春秋》之后，惟太史公号称良史。"赞扬了司马迁至高的史学地位。清代文史学家章学诚说："夫史迁绝学，《春秋》之后一人而已。"明确说后来的史书包括《资治通鉴》都不及《史记》。梁启超评曰："太史公诚史界之造物主也。"谓《史记》乃一部独创性极强的史书，司马迁可谓开山祖师。鲁迅用"绝唱"二字评《史记》，意思与这些学者相同，但评得更为简洁精辟，更强调《史记》的独一无二性。

《史记》的独创性尤多。例如，他的"究天人之际，通古今之变，成一家之言"的写作主旨，完全是史界开天辟地的独创。又如，司马迁的著书材料，不拘于藏在"金匮石室"里的书本资料，而是掌握了大量的实地调查和亲身见闻的活资料，他的足迹遍布各地，"西至空桐，北过涿鹿，东渐于海，南浮江淮"，见过游侠郭解，见过名将李广，"秦楚之际，兵所出入之涂，曲折变化，唯太史公序之如指掌。……太史公胸中固有一天下大势，非后代书生之所能几也。"（顾炎武《日知录》卷二十六《史记通鉴兵事》条）司马迁对活资料的掌握和利用，无人能及。

对于《史记》这一伟著的魅力，鲁迅是极为赞赏的，他举出明代文人茅坤的话来说明。茅坤说："读游侠传即欲轻生，读屈原，贾谊传即欲流涕，读庄周，鲁仲连传即欲遗世，读李广传即欲立斗，读石建传即欲俯躬，读信陵，平原君传即欲养士。"（鲁迅《汉文学史纲要·司马相如与司马迁》）因《史记》具有摄人心魄的魅力，所以许多人在读了《史记》之后竟要仿效书中的人物。这很像后世有人读了《红楼梦》之后要学宝黛。

对于第二句"无韵之离骚"，今人的解释一般是：这是在夸赞《史记》富于文学性，可与《离骚》相比。这个解释，我觉得有点肤浅，觉得还可以做进一步的解读。比如，若论文学性，诗三百篇也堪称精品，但鲁迅却未言"无韵之《诗经》"。这当然不是随意的选择，而是自有原因。

鲁迅何以评《史记》为"无韵之《离骚》"？我想，可以从三个方面来理解。

一、鲁迅认为司马迁和屈原皆受过大磨难，同为牢骚忧愤之人，屈原写《离骚》以抒愤懑，司马迁著《史记》寄托忧思，故《史记》同于《离骚》，是没有韵辙的《离骚》。

姑引鲁迅的原文来看：

（司马迁）恨为弄臣，寄心楮墨，感身世之
戮辱，传畸人于千秋，虽背《春秋》之义，固不
失为史家之绝唱，无韵之《离骚》矣。（《汉文
学史纲要·司马相如与司马迁》）

所说"恨为弄臣"，是说司马迁对于自己所处的
"主上所戏弄，倡优畜之，流俗之所轻"（《报任少
卿书》）的地位深为不满；"感身世之戮辱"，是说
司马迁痛心于自己遭受宫刑的奇耻大辱。这些，都成
了司马迁发愤著书，完成《史记》的重要动因。

屈原的身世，与司马迁很相似。史载其"事怀王
为左徒"，"左徒"者，或曰史官，或曰巫官，或曰
外交官，或曰行政高官，然无论做的何官，都是任由
怀王摆弄的臣子，本质上也是"主上所戏弄"之人。
屈原之被谗放逐，怀石投江，更是与司马迁遭受的磨
难屈辱相似。

屈原为抒愤懑，遣牢骚，遂作《离骚》。所谓
"离骚"，即牢骚、愁思也。司马迁对屈原有深切的
了解，他在《屈原贾生列传》中写道："信而见疑，
忠而被谤，能无怨乎？屈平之作《离骚》，盖自怨生

也。"司马迁深知，《离骚》之作，乃源于怨愤牢骚，而他自己也正复如此。司马迁与屈原的心是相通的。正是因为二人身世相近，心境相通，也就都"寄心楮墨"，发为千古雄文。司马迁可谓汉代的屈原，《史记》也就是汉代的《离骚》。《史记》确不失为"无韵之《离骚》"。

实际上，鲁迅本人也是牢骚忧愤之人，同心相知，他便对屈原和司马迁的心境，体会尤深。也正因此，他才能将《史记》深刻地解读为"无韵之《离骚》"。

二、鲁迅评《史记》为"无韵之《离骚》"，与他对《离骚》、对楚辞的推重和偏爱很有关系。

鲁迅对《离骚》的评价非常高，他在《汉文学史纲要·屈原与宋玉》中写道：

战国之世……在韵言则有屈原起于楚，被谗放逐，乃作《离骚》。逸响伟辞，卓绝一世。后人惊其文采，相率仿效，以原楚产，故称"楚辞"。较之于《诗》，则其言甚长，其思甚幻，其文甚丽，其旨甚明，凭心而言，不遵矩度。故后儒之服膺诗教者，或訾而绌之，然其影响于后来之文章，乃甚或在三百篇以上。

鲁迅认为，《离骚》"逸响伟辞，卓绝一世"，对后世文学产生过莫大影响，与《诗经》相比较，《离骚》在文学特质上有许多超拔之处，因而影响往往超过了《诗经》。

鲁迅深爱楚辞的文字之美、寓意之深，每每在自己的诗文中借用和征引《离骚》的文辞和典故。"泽畔有人吟不得，秋波渺渺失《离骚》"（《无题》），"高丘寂寞竦中夜，芳荃零落无余春"（《湘灵歌》），从这些鲁迅诗句中，可以看到《离骚》的气质和影子。

鲁迅曾集《离骚》句为对联，并请人写成条幅，集句为"望崦嵫而勿迫，恐鹈鴂之先鸣"。北京鲁迅故居"老虎尾巴"的墙上，至今还悬挂着这幅字。鲁迅还曾亲自书写此集句赠友人。

三、在写作心态和方法上，《史记》与《离骚》有重要的共同点，这也可能是鲁迅评《史记》为"无韵之《离骚》"的一个原因。

鲁迅说，《离骚》的写法是"凭心而言，不遵矩度"。也就是"我写我心"，表现的是真性情。《史记》的写法，鲁迅谓之"不拘于史法，不囿于字句，发于情，肆于心而为文"。（鲁迅《汉文学史纲要·司马相如与司马迁》）就是说，《史记》也是"凭心而言，不遵矩度"，写真性情的作品。我想，仅就这一点来说，评《史记》为"无韵之《离骚》"，也是不错的。

《离骚》那种"凭心而言，不遵矩度"的创作心态和写法，曾对后世诗文家发生过重大影响，无数作家、作品深受其惠，提升了思想和艺术境界。《史记》实际也受过《离骚》的深刻影响。

鲁迅对《史记》的评价，准确而精辟。《史记》确不愧是"史家之绝唱，无韵之《离骚》"。

梁鲁论读书角度

一部《红楼梦》，"单是命意，就因读者的眼光而有种种：经学家看见《易》，道学家看见淫，才子看见缠绵，革命家看见排满，流言家看见宫闱秘事……"（《集外集拾遗补编·〈绛洞花主〉小引》）鲁迅这段论《红楼梦》的名言，吾赞佩至极。近读梁启超《慧观》一文，觉得其中一段话颇与鲁迅之言有相似之处。

梁氏曰："同一书也，考据家读之，所触者无一非考据之材料；词章家读之，所触者无一非词章之材料；好作灯谜酒令之人读之，所触者无一非灯谜酒令之材料；经世家读之，所触者无一非经世之材料。"

（何香久主编《中国历代名家散文大系之清卷》）此文刊于1900年3月1日《清议报》，早于鲁迅的《〈绛洞花主〉小引》。

对比梁鲁二语，可见其相同处：皆揭示读书者因身份不同而眼光与角度各异。红学家冯其庸授课，常告学生读书可用"八面受敌法"，即一本书每读一次换一角度，多次变换角度则全书尽知矣。此法颇类似梁鲁所言读书者不同身份之多角度也。

鲁迅之发明，在于察知读《红楼梦》者之具体视角，梁氏所言则泛论读书角度之不同。鲁迅之言，或全为自铸，或受梁氏之言启发而来。若为后者，则属文化相续，乃学术文化之常态，无足诧异，更无损鲁迅之发明。然亦不应埋没梁氏。故记此一笔。

龚自珍名句之白话版

龚自珍名句"避席畏闻文字狱，著书都为稻粱谋"，释义文字甚多。偶读鲁迅1934年4月9日致姚克信，其中有感慨文字狱的几句话，我认为可谓龚氏名句的精警注脚，大胜于许多烦琐释义。

信云："清初学者，是纵论唐宋，搜讨前明遗闻的，文字狱后，乃专事研究错字，争论生日，变了'邻猫生子'的学者，革命以后，本可开展一些了，而还是守着奴才家法，不过这于饭碗，是极有益处的。"

这段话真可说是龚氏诗句的白话版。唐宋明皆汉族政权，文字狱前，犹可纵论这几朝，因为那时满人对文字、文化上的夷夏问题之防范心理，尚不如后来强。文字狱后，便只能做些无关政治的文字考据，甚至只能扯闲篇说废话了。"研究错字"，即考订文字；"争论生日"，即研讨古人的生辰，都是无关政治的。"邻猫生子"，出典于英国斯宾塞的话："或有告者曰：邻家之猫，昨日产一子，以云事实，诚事实也；然谁不知为无用之事实乎？何也？以其与他事毫无关涉，于吾人生活上之行为，毫无影响也。"梁启超在《中国史界革命案》中引了这段话，"邻猫生子"遂为人们所熟知。谈论"邻猫生子"，也就是扯闲篇说废话。读了鲁迅给姚克信中的这段话，"避席畏闻文字狱，著书都为稻粱谋"还用再细加解释吗？基本就明白了。

另，比照龚、鲁所处的时世及二人心境，可发现二者大有相同处。"万马齐喑究可哀"，这是龚氏对所处时代朝野臣民畏谈政治，噤口不语状态的写照。"本可开展一些了，而还是守着奴才家法"，这是鲁迅对所处时代状况的写照。龚自珍的心境是愤懑和无奈的。鲁迅的心境也是愤懑和无奈的。本来，革命了，共和了，应当有更多的言论自由，写作自由，但许多文人还是得用"奴才家法"换饭吃。这所谓"奴才家法",就是以当奴隶的旧习性写"研究错字"甚至"邻猫生子"之类的文字。"奴才家法"当然不是好东西,但要去掉又谈何容易!脑袋总是第一的,而且一家老小还等着稻粱上桌呢。

鲁迅写这封致姚克信一年多以前,1932年8月15日,在致台静农的一封信里叹息时局险恶云:"上海曾大热,近已稍凉,而文禁如毛,缇骑遍地,则今昔不异,久而见惯,故旅舍或人家被捕去一少年,已不如捕去一鸡之耸人耳目矣。我亦颇麻木,绝无作品,真所谓食菽而已。"文禁如毛,鲁迅也无法动笔,否则便会如旅舍少年。呜呼,鲁迅尚有颇麻木之时,遑论骨头并不那么硬的一般文人了。正是"风雨如磐暗故园",此乃蒋介石叛变革命后之民国也。

不悟自己之为奴

鲁迅在1934年6月2日写给郑振铎的一封信里说："顷读《清代文字狱档》第八本，见有山西秀才欲取二表妹不得，乃上书于乾隆，请其出力，结果几乎杀头。真像明清之际的佳人才子小说，惜结末大不相同耳。清时，许多中国人似并不悟自己之为奴，一叹。"

若不是鲁迅把此事写出，怎会想到清朝竟还有这等事，清人竟还有这等人！此真乃才子佳人小说之历史版。若非鲁迅告以档案所载，人若向我讲此事，我一定以为他在编故事，说八卦。然而这却是真事无疑。但这是一桩文字狱吗？不大像啊。然载于文字狱档，应该是的。然而又大异于常见的那种政治性的触犯逆鳞或违碍时忌所酿成的文字狱。那么，这算是哪种文字狱呢？我看是"蝎子拉屎毒（独）一份"的文字狱，文字狱之奇葩也。

酿成这起文字狱的原因，不是这位秀才政治上不谨慎，或是笔下对皇上不恭敬，而是由于他拿皇帝"不当外人儿"，混淆了主奴关系。区区一个小秀才，竟敢麻烦皇帝帮自己追女人，可笑亦可怪也。为什么会这样？就是鲁迅说的，他"并不悟自己之为奴"。鲁迅为此而"一叹"。

鲁迅所叹息者，当然并非这秀才一人，而是天下许多中国人。鲁迅慨叹清代的中国人在清廷二百多年软硬兼施的统治下，已经浑然不觉自己是奴隶了。"不悟自己之为奴"，实乃奴性之最深者。不悟，自然也就不图改变，"暂时坐稳了奴隶的时代"便会延长下去，直至延长到"想做奴隶而不得的时代"。

点天灯

古有"火刑"，也称"焚刑"，即把人烧死。但怎么烧，却有讲究，能烧出花样来。普通火刑是把人捆于木桩或树干，脚下累积木柴，然后点火焚之。弄出花样，便有远焙法、饮醋法、点天灯之类。这些都要比普通火刑残酷得多。

鲁迅1934年5月24日在写给友人杨霁云的一封信里说："五六年前考虑杀法，见日本书记彼国杀基督徒时，火刑之法，与别国不同，乃远远以火焙之，已大叹其苛酷。后见唐人笔记，则云有官杀盗，亦用火缓焙，渴则饮以醋，此又日本人所不及者也。"（《书信·致杨霁云》）所云"五六年前"，指腥风血雨的1927年、1928年间。鲁迅有感于国民党叛变革命后"屠戮之凶",遂考史上之虐杀法。日书所记之远焙法,意在细细折磨。唐人之饮醋法,谅乃令被刑人内脏如焚。

然火刑之最酷者,还当数"点天灯"。鲁迅似未谈过此刑。兹补说之。何谓点天灯?清人胡恩燮《患难一家言》释曰:"束绵浸膏倒燃之,名曰'点天灯'。"(《太平天国史料简辑》,第2册,第327页)就是将人以麻布缠紧,浸在油膏里,浸透后将人倒挂起来,从脚跟点燃,让火慢慢往下烧,直至烧死。此种烧法可延时几个时辰,人痛极而不死。故远焙、食醋比起点天灯,显得温柔多了。

此刑起于何时无确考,我所见最早资料为太平天国施用此刑。张德坚《贼情汇纂》记:"凡有人私带妖魔入城或妖示张贴谋反诸事,自有天父指出,定将此人点天灯","凡犯第七天条,如系老兄弟定点天灯"。(《太平天国丛刊》,第3册,第231页)《太平刑律》记:"凡典圣库、圣粮及各典官,如有藏匿盗卖等弊,即属反草变妖,即治以点天灯之罪。"(罗尔纲《太平天国史》,卷三十,《刑律》)"反草"就是反叛。其时，清朝官府之正刑，火刑已基本不用，更无点天灯，但洪天王青睐此刑，遂写入天国法典。军师洪仁玕看不下去，提出废止点天灯，但洪天王不允，批道："爷今圣旨斩邪留正，杀妖、杀有罪，不能免也。"还曾看到一条材料，谓民国某地造反农民恨极县长，遂施以点天灯。此乃天国之遗意也。

点天灯之创意，非仅大增其残酷性，更增加观赏性、侮辱性及警示性。被刑者悬于高空，挣扎惨叫，施刑者大快，吓猴之力度尤大也。

外国也曾有过类似点天灯的烧法。罗马人把犯人钉上十字架，再遍身淋以沥青或松脂，做成一个大火把，抬着示众。中世纪的英国和意大利，用柴草将犯人裹得严严实实，状如粽子，然后点火。皆极残酷，极侮辱人。但若论折磨人的时长，则逊于点天灯。

鲁迅"考虑杀法"，意在痛诋国民党的虐杀。对于虐杀、滥杀，无论何人所施，鲁迅一向都极憎恨，但据说曾有"左"爷批评鲁迅"青睐人道主义"，笼统否定杀人。其批判文字未得见，想来也就是"杀敌人没错，怎么杀都可以"之类。依此论，则太平天国之点天灯便属正义，杀敌人嘛，至多稍嫌过分。有论文云：点天灯"表明了太平天国领导人反对清王朝的坚定立场和对大逆不道罪斗争的鲜明态度"，"但也反映出农民的狭隘性与落后性"。本质上仍是点赞，是"酷刑有理"。"左"祸时酷刑不断，或与此类歪论有关。

鲁迅评张献忠

臧否历史人物，是鲁迅先生的文章的一个重要内容。在中国历史人物中，鲁迅对明末张献忠的评说，算是比较多的，查《鲁迅全集》，可以找到散见在一些文章中的十几条评说；还有一篇《晨凉漫记》，是专谈张献忠的。对于张献忠，我们称之为"农民起义领袖"，但鲁迅对他并没有这个称谓。鲁迅对他的评说，基本是否定性的，核心就是一条，痛批张献忠的祸蜀滥杀。

一

鲁迅是从不同的角度来批的。

一、张献忠的杀人是滥杀。鲁迅在《再论雷峰塔的倒掉》一文中说"张献忠杀人如草"（《坟》）；在《〈三浦右卫门的最后〉译者附记》一文中说"张献忠随便杀人"（《译文序跋集》）；在《文床秋梦》一文中说："张献忠自己要没落了，他的行动就不问'孰是孰非'，只是杀。"（《准风月谈》）如此杀人，无疑是滥杀。滥杀者，乱杀也，无节制地杀也。

二、杀的是老百姓。又让士兵互杀。滥杀是因为自己没做成皇帝。鲁迅在《坚壁清野主义》一文中说："张献忠在明末的屠戮百姓，是谁也知道，谁也觉得可骇的，譬如他使ABC三枝兵杀完百姓之后，便令AB杀C，又令A杀B，又令A自相杀。为什么呢？是李自成已经入北京，做皇帝了。做皇帝是要百姓的，他就要杀完他的百姓，使他无皇帝可做。"（《坟》）让ABC三枝士兵错落互杀，这是何等的毒计。鲁迅认为，张献忠杀老百姓和士兵的原因，是因为自己没做上皇帝，妒心发作，所以就要杀光做上皇帝的李自成的子民。

在《晨凉漫记》一文里，鲁迅又细说过张献忠滥杀百姓的原因："他开初并不很杀人，他何尝不想做皇帝。后来知道李自成进了北京，接着是清兵入关，自己只剩了没落这一条路，于是就开手杀，杀……他分明的感到，天下已没有自己的东西，现在是在毁坏别人的东西了……"（《准风月谈》）在《记谈话》一文里，他又说，张献忠杀光了百姓，"便无所谓皇帝，于是只剩了一个李自成，在白地上出丑，宛如学校解散后的校长一般"（《华盖集续编》）。鲁迅刚开始看到张献忠屠川的材料时，"总想不通他是什么意思"，很不理解张献忠为什么滥杀，后来仔细一想，才悟出了原因，原来如此！鲁迅把张献忠滥杀的心理，揣摩得十分透彻。

鲁迅在《晨凉漫记》里又说到张献忠派特务抓捕士兵："他杀得没有平民了，就派许多较为心腹的人到兵们中间去，设法窃听，偶有怨言，即跃出执之，戮其全家。"明代朝廷实行特务政治，严酷异常，不知张献忠是效法朝廷，还是无师自通，也大肆实行特务政治：派特务潜入士兵当中，突然逮捕怨言分子，并株连全家——那场面，端的令人心惊肉跳。

张献忠的"起义"，目的就是一个：做皇帝。皇帝没做上，便滥杀平民百姓和兵卒。真是自私到了极点，凶残到了极点，心理阴暗到了极点。

三、杀秀才。张献忠考秀才、杀秀才，是一起有名的屠杀事件。鲁迅在《批评家的批评家》一文里提到了这个事件："先在两柱之间横系一条绳子，叫应考的走过去，太高的杀，太矮的也杀，于是杀光了蜀中的英才。"（《花边文学》）鲁迅的这一叙述，根据的是清代彭遵泗《蜀碧》的记载："贼诡称试士，于贡院前左右，设长绳离地四尺，按名序立，凡身过绳者，悉驱至西门外青羊宫杀之，前后近万人，笔砚委积如山。"所云"贼"即张献忠。鲁迅所记的杀人情形与《蜀碧》略有差异。杀了近万人，杀光了蜀中英才，可见张献忠对读书人的憎恨。

四、怪异的杀人。鲁迅在《灯下漫笔》一文中说："张献忠的脾气更古怪了，不服役纳粮的要杀，服役纳粮的也要杀，敌他的要杀，降他的也要杀；将奴隶规则毁得粉碎。"为了把人杀光，将纳粮的、投降的也要杀掉，这就有点变态了。鲁迅在《晨凉漫记》里说，张献忠专在"为杀人而杀人"，杀人成了目的。

五、残酷至极的杀人。在《病后杂谈》一文里，鲁迅举了《蜀碧》中的一条材料："剥皮者，从头至尻，一缕裂之，张于前，如鸟展翅，率逾日始绝。有即毙者，行刑之人坐死。"（《且介亭杂文》）这真是令人汗下胆裂的杀人法。鲁迅称这种剥皮样式为"流贼式"，并将其与"官式"剥皮法并列。鲁迅又说，这种虐刑颇合乎现代的解剖学。意思是创刑者的坏心思坏到了极致。

六、把张献忠的剥皮与封建皇帝的剥皮并提。鲁迅在《偶成》一文里说："张献忠的剥人皮，不是一种骇闻么？但他之前已有一位剥了'逆臣'景清的皮的永乐皇帝在。"（《南腔北调集》）又在《病后杂谈之余》一文里说："我常说明朝永乐皇帝的凶残，远在张献忠之上……"（《且介亭杂文》）张献忠虽人称"农民起义领袖"，实则封建毒素入骨，其心地之残忍，与残忍的封建帝王无异。

七、张献忠的滥杀是"灭绝性质"的，反人类的。鲁迅在《随感录三十八》一文里说："'灭绝'这两个可怕的字，岂是我们人类应说的？只有张献忠这等人曾有如此主张，至今为人类唾骂……"（《热风》)张献忠的杀人，既是灭绝人口，也是灭绝人性。他犯的是反人类罪。

二

人民文学出版社1982年版《鲁迅全集》的注释说，"旧籍中关于张献忠杀人的记载有夸大之处"。为什么要写上这句话？显然，是想为张献忠这个农民领袖挽回声誉。我研究过张杀人的史料，实际上，夸大的记载有，缩小的记载也有。那时没有计算机，没有调查团，怎么可能把张献忠在一个偌大的四川盆地里杀的人都计算准确呢？怎么可能杀一人就记录下一人，统计完全呢？铁定的是，张献忠确是杀人如麻，杀百姓如割草，这是无法推翻的史实。"湖广填四川"的杀人背景，张献忠无疑是有一份的。鲁迅的痛批没有错。

鲁迅先生是文学家、思想家、革命家，也是伟大的人道主义者，当他看到张献忠祸蜀滥杀的史料时，是怒不可遏的，他在文章中严厉地批张，批张的丧尽天良，丧尽人道，是必然的。

诚然，张献忠是起义过的，那时，他与皇室官家作对，是有进步性的；但后来就与人民为敌了，杀人民无算。鲁迅否定的是与人民为敌的张献忠。

李自成也是明末农民起义领袖，但比张要好得多，所以鲁迅对李自成基本没有什么批评，虽然在文中偶尔将他与张献忠并提，说"张李的凶酷残虐"什么的，但主要还是客观陈述李做了皇帝的史实。在鲁迅心里，张李之高下，是有数的。

鲁迅认为，张献忠祸蜀滥杀的历史，应该让中国人都知道。他在《病后杂谈》一文里说，《蜀碧》，还有《蜀龟鉴》，这两种书"都是讲张献忠祸蜀的书，其实是不但四川人，而是凡是中国人都该翻一下的著作"。我想，鲁迅的意思是，让中国人都了解张献忠祸蜀滥杀的史事，有助于记取历史教训，以迈向文明的大道。

鲁迅曾有个想法：选择"历来极其特别，而其实是代表着中国人性质之一种的人物，作一部中国的'人史'"。他说，要选上啮雪苦节的苏武，舍身求法的玄奘，"鞠躬尽瘁，死而后已"的孔明，呆信古法的王莽，"半当真，半取笑的变法的"王安石，再有就是要选上张献忠。（《晨凉漫记》）张献忠有什么特别之处呢？就是滥杀，就是极端的自私、凶残和阴暗。如此看来，了解张献忠这个人，对于了解史上中国人的某个侧面是有益处的。这个侧面，当然是不良的东西，不是什么好的、"厉害"的东西，但唯有反省和改变不良的东西，我们的民族才能长进，前进。

孙犁：按照鲁迅的书账买书

孙犁先生一生景仰鲁迅先生，在作文、做人等许多方面都可以看到他私淑鲁迅的影子。孙犁购书藏书，也大受鲁迅影响，他的许多书，都是按照鲁迅的书账，或鲁迅给人开的书单，或鲁迅文章中提到的书名，寻觅购买的。

孙犁买书，有按照书籍目录寻购的好习惯，晚清张之洞写有一本有名的目录书《书目答问》，孙犁就曾参考此书买过一些书。但最让孙犁倾心的还是鲁迅的书账。书账具有目录的性质。鲁迅的书账在《鲁迅日记》中。鲁迅记日记每到一年终了，都要在正式日记之后，附有一篇书账，记录他当年所买的书，作为小结。孙犁对鲁迅日记读得很熟，他说："《鲁迅日记》我购有人文两种版本，并借阅过影印本，可以说是阅读多遍，印象甚深。"（《曲终集·理书四记》）对于每年日记之后所附的书账，孙犁自然也是熟读的。

按孙犁自己的说法，他在很长时间内是按照鲁迅的书账买书的。他在《买〈流沙坠简〉记》一文中说："我忘记了从什么地方知道这部书，并为什么想要买它。《鲁迅日记》的书账上，不记得有没有这部书。有很长时间，我是按照他的书账买书的。"（《无为集》）鲁迅的书账，成了孙犁按图索骥的工具。有人统计，书账中大半的书籍，孙犁都买到了。

孙犁对鲁迅的书账特别看重，如果是不在书账里的书，他可能会生出一种不信任感，不去买它。他曾说过这样一段话："我有一部用小木匣装着的《金石索》，是石印本，共二十册，金索石索各半。我最初不大喜欢这部书，原因是鲁迅先生的书账上，没有它。那时我死死认为，鲁迅既然不买《金石索》，而买了《金石苑》，一定是因为它的价值不高。这是很可笑的。后来知道，鲁迅提到过这部书，对它又有些好感，——给它们包装了书皮。"（《无为集·我的金石美术图画书》）鲁迅书账里没有，孙犁便觉得价值不高，而当知道鲁迅曾提到过这部书时，又觉得这书不错了，可见他对鲁迅识书眼力的笃信。当然这有些绝对，所以自己也觉得可笑。

除了按照鲁迅的书账买书，孙犁还按鲁迅给人开的书目买过书。鲁迅曾为他的挚友许寿裳的长子许世瑛开过一张书目。这个书目也成了孙犁买书的向导。他在《买〈世说新语〉记》里说："我们知道，鲁迅先生不好给青年人开列必读书目，但他给许寿裳的儿子许世瑛开的那张书目，对我们这一代青年，却发生了意想不到的影响。我记得在进城以后，大家都争先恐后地搜集那几本书。《世说新语》就是其中的一种。"（《无为集》）可知孙犁所藏的《世说新语》，是按照鲁迅开给许世瑛的书目买的。孙犁又在《我的书目书》一文里说："解放初期，我是按照鲁迅先生开给许世瑛的书目，先买了一部木板《四库全书简明目录》，是在天津鬼市上买的，两函，共十二册。"（《澹定集》）可知孙犁所藏的《四库全书简明目录》，也是按照鲁迅开给许世瑛的书目购买的。

鲁迅在自己写的文章中常会提到一些书名，这对孙犁买书很有启发，他的一些书就是缘此而购买的。如他说："鲁迅先生在《买〈小学大全〉记》那篇文章中，称赞了过去故宫博物院出版的《清代文字狱档》，由于他的启发，我也买到了一部，共九册。"（《秀露集·耕堂读书记（三）》）孙犁一看鲁迅称赞《清代文字狱档》，便认定必是好书，就买了下来。此书确是一部珍贵有用的好书，孙犁读后，写了一篇《读〈清代文字狱档〉记》。

鲁迅曾在给王冶秋的信中，向王推荐过《汉魏六朝名家集》，孙犁知道了这个建议，便买下了这部书。他在《买〈汉魏六朝名家集〉记》一文中写道："此书为丁福保字仲祜（一八七四——一九五二）编辑。……鲁迅先生曾对他编印的书，表示满意。他在写给王冶秋的一封信中说，如果想买严可均的《全上古……六朝文》，还不如买一部丁福保的《汉魏六朝名家集》，既简便又实用。我就是按照先生的意见，买这部书的。"（《无为集》）一见到鲁迅的看法，孙犁便没有买《全上古……六朝文》，而是买了《汉魏六朝名家集》。

鲁迅推荐的书，孙犁认为当然就是好书。孙犁在《我的农桑畜牧花卉书》一文中说：自己藏有元代王祯著的《农书》，"此书，鲁迅先生曾向青年推荐"（《无为集》）。不知孙犁购买此书，是否缘于鲁迅的推荐。但孙犁记下鲁迅曾向青年推荐此书，表明他要告诉读者，《农书》是一部好书。

　　孙犁为何要循着鲁迅的脚步买书？因为孙犁一向景仰鲁迅先生，他知道，鲁迅是大文豪、大学问家，对各类文化典籍非常熟悉，又有极高的鉴识力，所购置所推荐的书籍都是值得阅读的好书，可以作为买书的样板。此其一。其二，孙犁是想当藏书家的，欲搜购的书大多是古旧书籍，而鲁迅也是藏书家，对古旧书有特别的眼力，其书账所记的或所推荐的书也以古旧书籍为多。所以，孙犁便把鲁迅当成了购书的向导。

　　孙犁是个在多方面得了鲁迅真传的作家、读书人。购鲁迅书账之书，读鲁迅所读之书，应是孙犁得了鲁迅真传的一个原因吧。

跟随鲁迅的脚步

——《今古咫尺间》自序

我平生写文章，分两类，一是学术著述，二是文史随笔。前者只有零星成绩，随笔则写了不少。我这些随笔，常常援古证今，今古杂糅，大都贯穿着一个思路：视古今为一脉，把今古综合来看。我看出，今古的距离实在不远，用雅驯一点的话说，就是："今古咫尺间"。

我自认，"今古咫尺间"可算是我的一个史观，是我对历史与现实之间关系的一个看法。我观察到，古人与今人，古事与今事，其实似远而实近，它们之间有太多的相像，有时简直就是一个样。今人是古人的延伸，有时也像是古人的影子。现代人，从一定意义上说，其实都是生活在历史当中的：或是身上带着历史的基因和残物，或是干脆就延续着旧的历史，或是在扬弃旧史的基础上创造新史。古月照今尘，今月照古人，今古确在咫尺之间。

我形成"今古咫尺间"这个思路，与先哲的启发大有关系，特别是因受了鲁迅先生的影响。先生著文，经常援古证今，借古喻今，而且常古人、今人一并论及，有时干脆就说"我们古今人"如何如何。我感觉，在鲁迅心目中，古今的距离是非常之近的。

试看鲁迅的两段话：

　　试将记五代，南宋，明末的事情的，和现今的状况一比较，就当惊心动魄于何其相似之甚，仿佛时间的流驶，独与我们中国无关。现在的中华民国也还是五代，是宋末，是明季。（《华盖集·忽然想到之四》）

　　现在官厅拷问嫌疑犯，有用辣椒煎汁灌入鼻孔去的，似乎就是唐朝遗下的方法，或则是古今

英雄，所见略同。（《伪自由书·电的利弊》）

在鲁迅看来，"我们古今人"相似或相同的东西实在太多了！民国就像是宋末明末，酷刑更是古今一脉相传，真仿佛今古就在咫尺之间。

鲁迅先生谈古，为的是解决现世问题，他说过："发思古之幽情，往往为了现在。"戏剧看客动辄"替古人担忧"，鲁迅则是"替今人担忧"，为中华民族的前途担忧。我追摹先生，写历史随笔时，心里也总是装着一个"今"字。因今而思古，谈古为论今。

不仅是鲁迅，我观察，从古以来的许多大学者，都总是把古今融在一起观察和思考。司马迁的"通古今之变"，司马光的为资治而写通鉴，陈寅恪先生以写《柳如是别传》高扬"独立之精神，自由之思想"，陈垣先生以写《通鉴胡注表微》传播抗日思想……他们的"发思古之幽情"，都离不开解决当世问题。他们学问大，但都不做死学问，他们的学问与天下兴亡大有关联。我是历史系毕业的，读过不少史书，也熟悉中国有名的史学家的事迹，我推崇两司马和二陈这样的把天下兴亡装在心里的史学家，我觉得这才是对中华民族有大用的史学家。我写历史随笔，常常想到这些伟大史家。他们的学问，是高山，我只能仰视，但他们关注天下兴亡的情怀，论说天下利病的眼光和方法，我可以学习。虽不能至，然心向往之。

鲁迅先生引古书，说古事，把游荡在现世的古老幽灵捉出来给人们看，其立意是为挖掉封建老根，为改造病态的国民性，为使我们民族的思想园地成为一片净土。我觉得，鲁迅的这种立意和法子，今天还用得着，因为，封建遗毒还在。

关于清除封建遗毒问题，小平同志有不少论述，他说："搞终身制，老当第一书记，谁敢提意见。中国封建主义很厉害，这个问题不解决，就要把人推向反面。"又说："我们过去的一些制度，实际上受了封建主义的影响，包括个人迷信、家长制或家长作风，甚至包括干部终身制。"（《邓小平年谱》）例证是极多的，举不胜举。庐山会议后，一个爱搞个人独裁的河南某县第一书记说："马列主义必须加两分秦始皇才能治县……某些人对第一书记制度不满意也不中。"一个县委委员又发挥说："只有马列主义与秦始皇手段相结合，才能实行合理独裁。"当我在一份杂志上看到这条史料后，脑中油然现出了几个字："县级秦始皇"。到了"文化大革命"时期，封建遗毒就更是大发作了。

封建的东西，在我国，韧性是极强的，剪不断，理还乱，纠结一团，至今不绝。马克思曾感叹，"中国真是活的化石"。这话是说清代的中国不长进。话说得有点尖锐，但对我们认识中国社会进步的艰难性，认识封建主义那一套的顽固性，确有启发意义。鲁迅所说的"仿佛时间的流驶，独与我们中国无关"，实际与马克思的观察大体相同。这就需要韧性的战斗。我写随笔，常常想起鲁迅挖封建老根的韧性，以及他的战法。

桐城派姚鼐提出，著文要义理、考据、辞章三位一体，曾国藩加了一个经济（经邦济世的古今知识），成为四位一体。这大意是说，写文章要有思想，材料要准确，文字要美，还要有经世的心胸和内容。这几条，我很是认可，觉得可以作为著文的守则，衡文的标准。我写随笔，心里就常悬着这几条要求。

义理，当然是须首重的，思想第一。有思想的随笔最可贵。我办理论版多年，虽未写出理论著作，但学到了一点理论知识，这对提高随笔的思想性有一点用处。我多少懂一点考据，这对使用的材料更准确有帮助。洪迈说，他写《容斋随笔》，是"意之所之，随即纪录"。我却并不那么随意，我用的材料，都是要尽力查考准确的。把文字做美，实在是不容易，古文底子要好，还要有才气。像鲁迅、孙犁、黄裳那样的杂文随笔，真不是一般人能够作出的。何满子、钱伯城、王春瑜、李零诸先生的随笔文字，也是天下不易得。我受先生们文字魅力的吸引和激励，常生模仿的念头，但却总是学不像，常废然而叹。

写有思想性的随笔，必要有经世的心胸。曾国藩"经世致用"的观念，对成就他的文学名声和谋国事功起了很大作用，对后世的志士仁人也有很大影响。自谓"独服曾文正"的青年毛泽东，其文章具有强烈的经世性，大抵就与从曾国藩到梁启超的文章风格的影响有关系。鲁迅的以笔为刀也与曾氏的经世主张相通。《曾国藩家书》虽是平常家信，却溢满经世的心思，思想性、知识性兼具，实际也是一篇篇随笔。我是个报人，职业使我天然地关心世事时势，天然地具有为文经世的本色。这成了我好写随笔且重视随笔的思想性的一个原因，也是一个动力。

这本书里的文章，内容驳杂，颇难归类，勉强分了四类，每类里还是驳杂。随笔古来属于杂学。杂而不专，向来老儒睥睨，讥为齐东野语。但也有学人高看杂学随笔，说是上承诸子私乘，随心言说，汪洋恣肆，其实不得了。浙东史学有一个传统，不尊正宗官史为圣物，而是尚博览，颇看重野史杂记。周氏兄弟好杂览，喜杂学，重野史，便与此乡邦学术风气的熏染有关。这都让我对杂学随笔产生了敬意，也成了我写随笔的一个动力。

其实，我原本也有喜杂览的癖好，特别是喜读有关社会万象的杂书。我对古今社会的许多现象有强烈的追问谜底的兴趣，尤其是对那些曾经影响了我们民族和国家命运当然也包括我个人命运的一切事情感兴趣，我总想知道那到底是怎么回事，究竟为什么会那样。这就要去读杂七杂八的书，思考各式各样的问题，读了，想了，便有些心得，便写出了这些随笔。

是为自序。

2011年5月29日

《阿Q正传》所见国民劣根性笺说

　　鲁迅先生一生都在关注着中国人的国民性，都在为改造国民劣根性（也叫"国民性弱点""国民精神病状"）而努力。有三个相连的问题，他一生都在思考，就是："一、怎样才是最理想的人性？二、中国国民性中最缺乏的是什么？三、它的病根何在？"（许寿裳《亡友鲁迅印象记》）

　　为了改造国民性，为了锻造中华民族健康、优秀的国民性，鲁迅写了许多作品，有论文，有小说，有杂文，其中暴露国民劣根性最集中的作品，是中篇小说《阿Q正传》。鲁迅写《阿Q正传》，主要目的就在于暴露我们民族的病根，即国民劣根性，从而"引起疗救的注意"。这是他为回答上述三个问题所做的一个努力。

如果将《阿Q正传》所暴露的国民劣根性一一举出，大概有一二十种，可见中国人的国民劣根性之多之严重，也可见鲁迅暴露和批评这些劣根性的力度之大，火力之密集。

一

一、精神胜利法

这是《阿Q正传》所暴露的最大宗的劣根性，具体表现有种种。

1. 阿Q挨了闲人的打，心里想："我总算被儿子打了，现在的世界真不像样……"然后心满意足地得胜地走了。（第二章《优胜记略》）阿Q挨了赵太爷的嘴巴后想："现在的世界太不成话，儿子打老子……"想着，渐渐得意起来。（第三章《续优胜记略》）

2. 闲人们找个地方给阿Q碰了五六个响头，阿Q不到十秒钟便心满意足地得胜地走了，"他觉得他是第一个能够自轻自贱的人"，这"第一个"可不简单，"状元不也是第一个吗？"（第二章《优胜记略》）

3．阿Q头上长了癞头疮，他就想："你还不配……""这时候，又仿佛在他头上的是一种高尚的光荣的癞头疮，并非平常的癞头疮了。"（第二章《优胜记略》）

4．阿Q被抓捕时，心想：人生天地间，大约本来要被抓进抓出的。被游街示众时，又想：人生天地间，大约本来有时也未免要游街示众罢了。要被杀掉时，又想：人生天地间，大约本来有时也未免要杀头的。一想，就释然了。（第九章《大团圆》）

5．阿Q被命令在审讯记录上画圆圈，他画不圆，便想：孙子才画得很圆的圆圈呢。（第九章《大团圆》）

阿Q性格中最显著的特点，就是"精神胜利法"。精神胜利法是"阿Q精神"的代表。有评论家说，阿Q之成名，主要靠了精神胜利法。信然。所谓"精神胜利法"，就是完全不去正视现实，却在虚妄的幻想中获得荒谬的自我陶醉。精神胜利法是一种自欺法，即自己骗自己，明明自己吃了亏，却硬变着法子说自己胜利了。由于在精神上取得了所谓胜利，所以也就不在乎吃那点小亏了。就像鲁迅说的："万事闭眼睛，聊以自欺，而且欺人，那方法是：瞒和骗。"（《坟·论睁了眼看》）瞒自己，骗自己，失败就变成胜利了。从心理学上讲，精神胜利法乃是一种心理防卫策略，是为了追求心理平衡而采取的一种无奈之举。

阿Q　丰子恺作

鲁迅在杂文《论"人言可畏"》中，记下了一些人关于名演员阮玲玉的想法，有的想："我虽然没有阮玲玉那么漂亮，却比他正经"，有的想："我虽然不及阮玲玉的有本领，却比他出身高"。（《且介亭杂文二集》）这不就是精神胜利法吗？"文革"中一段时间极左势力大搞强硬外交，使我国陷于孤立，极左分子却说这是"光荣的孤立"。这不就是精神胜利法吗？电影《南征北战》里一个国军将领有句台词："不是我们无能，而是共军太狡猾"，不也是精神胜利法吗？有位熬过"文革"的艺术家说：没有精神胜利法，我怎么能熬过"文革"！这是精神胜利法的一点正面效用吧。

　　二、卑怯，欺软怕硬

　　1. 别人说话一触及阿Q的癞疮疤，"阿Q便全疤通红的发起怒来，估量了对手，口讷的他便骂，气力小的他便打；然而不知怎么一回事，总还是阿Q吃亏的时候多。于是他渐渐的变换了方针，大抵改为怒目而视了"。（第二章《优胜记略》）

　　2. 阿Q骂"假洋鬼子"是秃驴，"假洋鬼子"

刚要拿起棍子打，阿Q赶紧指着近旁的一个孩子分辩说："我说他！"（第三章《续优胜记略》）

3. "小尼姑之流是阿Q本来视若草芥的。"（第五章《生计问题》）

卑怯，即卑下而怯懦，是阿Q的基本性格；与之相联的欺软怕硬，畏强凌弱，是阿Q的基本的对外政策。遇到强的，他就缩头缩脑，甘受凌辱，至多是采取怒目主义，只瞪眼不反抗。但倘有对手被他估量了比他弱，他就要加以欺负。他辩解骂秃驴是骂小孩子、欺负小尼姑，都是例子。鲁迅说："勇者愤怒，抽刀向更强者；怯者愤怒，却抽刀向更弱者。不可救药的民族中，一定有许多英雄，专向孩子们瞪眼。"（《华盖集杂感》）清政府正是这种"怯者"，其对外对内政策，从来是畏惧强势的洋人，向洋人妥协退让，卑怯得很，而对手无寸铁的老百姓却视若草芥，刚硬苛酷。北京大学教授徐旭生曾与鲁迅讨论中国人的国民性，徐说，中国人的大毛病是听天由命和中庸，而这由惰性而来。鲁迅答道："这不是由于惰性，是由于卑怯性。"（曹聚仁《鲁迅评传·〈阿Q正传〉》）卑怯，是鲁迅笔下经常出现的一个词。

三、乏同情心，多残忍性

1. 阿Q和小D打架，旁边的闲人高声叫好："好，好！""不知道是解劝，是颂扬，还是煽动。"（第五章《生计问题》）

2. 阿Q被枪毙，城里的人们"多半不满足，以为枪毙并无杀头这般好看；而且那是怎样的一个可笑的死囚呵，游了那么久的街，竟没有唱一句戏：他们白跟一趟了。"（第九章《大团圆》）

闲人们的高声叫好，无疑是颂扬和煽动，他们希望打得头破血流才好。枪毙已够残忍，但还想看更残酷的砍头。许多中国人看别人打架，就像看罗马角斗士角斗，完全是一种享受。因为他们没有同情心，内心残忍。正像鲁迅所说，这些看客们"只愿暴政暴在他人的头上，他却看着高兴，拿'残酷'做娱乐，拿'他人的苦'做赏玩，做慰安。"（《随感录》六十五）现在电视交通台经常放一个画面：街上某人倒地不醒，身边却车辆照走，没人救助也没人报警。路人的同情心何在？

四、"自尊"，虚荣

1. "阿Q又很自尊，所有未庄的居民，全不在他眼睛里，甚而至于对于两位'文童'也有以为不值一笑的神情。"（第二章《优胜记略》）

2. 赵太爷的儿子进了秀才，阿Q酒后吹嘘说，"他和赵太爷原来是本家，细细的排起来他还比秀才长三辈呢。其时几个旁听人倒也肃然的有些起敬了"。赵太爷知道了，便骂阿Q："你怎么会姓赵！——你那里配姓赵！"（第一章《序》）

3. 阿Q和别人口角时，瞪着眼睛道："我们先前——比你阔的多啦！你算是什么东西！"还想："我的儿子会阔得多啦！"（第二章《优胜记略》）

4. 阿Q"是永远得意的：这或者也是中国精神文明冠于全球的一个证据了。"（第四章《恋爱的悲剧》）

阿Q本就是个穷小子，但因虚荣，"自尊"，便攀附起阔人赵太爷来，旁听的人却信以为真，肃然起敬。这种爱慕虚荣的攀亲是一种国民通病。鲁迅说："中国人是尊家族，尚血统的，但一面又喜欢和不相干的人去攀亲……"（《花边文学·中秋二愿》）实质上就是下等人攀附上等人，卑微的人攀附阔人，其关键意义是个"体面"问题。阿Q的"自尊"是追求虚表的，是为了面子好看，其实也是精神胜利法之一种。

鸦片战争以后，我们民族越来越不如别国，但有些愚昧的爱国人士——鲁迅称之为"爱国的自大家"——却不思国家道路的改弦更张，而只知吹嘘"先前阔"，说"中国地大物博，开化最早，道德天下第一"。又说："我族是轩辕华胄，神明贵

阿Q （苏）科·科冈作

种，西洋人为野蛮民族，毫无文化。"还说"外国的东西，中国早就有过：某种科学即'某子所说的云云'"。又说："外国的物质文明虽高，中国精神文明更好。""中国精神文明冠于全球！"这些人面对西方的先进思想和船坚炮利，仍在做着天朝第一的迷梦。这种"爱国的自尊自大"，完全是"民族虚荣心"所致。

五、畏大人，畏权势

阿Q因为说自己姓赵，挨了赵太爷的打。"知道的人都说阿Q太荒唐，自己去招打；他大约未必姓赵，即使真姓赵，有赵太爷在这里，也不该如此胡说的。此后便再没有人提起他的氏族来，所以我终于不知道阿Q究竟什么姓。"（第一章《序》）

阿Q究竟姓什么，其实并不十分重要，关键是他没有与赵太爷同姓的权利，若是真姓赵，连说自己姓赵的权利也没有。未庄的人们本应尊重阿Q的姓氏权，但大家却齐声说阿Q是招打，不该胡说。为什么不能说？因为赵太爷已经姓赵了。赵太爷的权势大，是不能违拗的。阿Q怕赵太爷，村人也都怕赵太爷，结果阿Q姓什么都没人敢提了，终于没人知道阿Q姓什么了。

畏大人（或曰阔人），畏权势，是一般中国人都有的心理，已经成为一种国民性。儒家有个主张叫"三畏"，《论语·季氏》云："君子有三畏：畏天命，畏大人，畏圣人之言。"其中畏大人是最显见的。大人手里有权势，或与权势有密切关系，所以畏大人从根儿上说也就是畏权势。畏大人、畏权势是养成奴性的一个重要根源，也是奴性的一种表现。所以畏大人、畏权势乃是一种劣根性。好官、清官，人们是不畏惧的。被畏惧的大人，大抵都是赵太爷一类人物。

六、无聊盲从，爱看热闹

"他忽而听得一种异样的声音，又不是爆竹。阿Q本来是爱看热闹，爱管闲事的，便在暗中直寻过去。似乎前面有些脚步声；他正听，猛然间一个人从对面逃来了。阿Q一看见，便赶紧翻身跟着逃。"

（第八章《不准革命》）

阿Q爱看热闹，爱管闲事，也最会附和盲从。鲁迅给这种人画过像："假使有一个人，在路旁吐一口唾沫，自己蹲下去，看着，不久准可以围满一堆人；

又假使又有一个人，无端大叫一声，拔步便跑，同时准可以大家都逃散。真不知是'何所闻而来，何所见而去'。"（《花边文学·一思而行》）阿Q正是这围观的看客和逃散的人。今天仍不乏这样的人。

七、健忘

阿Q挨了"假洋鬼子"哭丧棒的打，感到很屈辱，刚打完，"忘却"这一件祖传的宝贝就发生了效力，他慢慢走到酒店门口，"早已有些高兴了"。（第三章《续优胜记略》）原来，这顿打他已经全忘了。

在鲁迅看来，中国人一向是健忘的，虽受了屈辱却不记仇，忘却了事。忘却简直成了安神的宝贝。有人称中国人是"没有记性"的民族。是不是这样呢？"文革"刚过去不久，许多人已经忘却了，那时的天下大乱的险恶局面，已经有人美其名曰"探索"了。邓拓在《燕山夜话》里写过一篇《专治"健忘症"》的文章，举了古人健忘的故事和古药方，很有知识性和趣味性，从中可以引出"对历史教训不可忘记"的道理，但被污蔑为指桑骂槐的"黑话"。其实这不是"黑话"，是正确的话。

八、愚昧迷信

1. 阿Q挨了假洋鬼子的打后，遇见了小尼姑，心想："我不知道我今天为什么这样晦气，原来就因为见了你。"他迎上去，大声的吐一口唾沫："咳，呸！"（第三章《续优胜记略》）

2. 阿Q要被杀掉时，说了一句："过了二十年又是一个……"（第九章《大团圆》）

我们民族自古就是个尚迷信的民族，万物有灵，见神就拜，各种迷信说法不胜枚举。"遇到尼姑会倒霉"，就是绍兴民间的一个迷信说法，其说辞是：尼姑没头发，"没"即"霉"，寓意"倒霉"。所以阿Q遇见小尼姑后感到晦气。他吐唾沫，是去掉晦气的禳解之法。阿Q所说的"过了二十年又是一个……"，即死刑犯临刑的一句流行语："二十年后又是一条好汉。"这句话源于一种迷信观念——轮回观念，即鲁迅所说："穷人们是大抵以为死后就去轮回的，根源出于佛教。……这就是使死罪犯人绑赴法场时，大叫'二十年后又是一条好汉'，面无惧色的原因。"（《且介亭杂文末编·死》）鲁迅还说过：

"外国用火药制造子弹御敌，中国人却用它做爆竹敬神……"好东西成了迷信的工具。

鲁迅希望中国人能用科学取代无知和迷信，他说："假如真有这一日，则和尚，道士，巫师，星象家，风水先生……的宝座，就都让给了科学家，我们也不必整年的见神见鬼了。"（《且介亭杂文·运命》）

九、不讲卫生

阿Q脱下破夹袄来捉虱子，看见王胡也在捉，"一个又一个，两个又三个，只放在嘴里毕毕剥剥的响"。（第三章《续优胜记略》）阿Q很羡慕王胡。

不讲卫生是古来我们民族的通病。魏晋人扪虱而谈，把捉虱子当雅事。据北京地方史书载，北京始有公共厕所，是庚子年（1900年）以后的事，原来上街都是随地大小便的。如《燕京杂记》说，清嘉庆时"便溺于通衢者，即妇女过之，了无怍容"。夏仁虎《旧京琐记》说，同光年间"行人便溺，多在路途"。新中国成立后有了"爱国卫生运动"，讲卫生的观念才普及。但今天乱扔垃圾的现象仍然不少。

十、女人祸水论

1. 自从阿Q摸了小尼姑的脸，手上便感到有些滑腻，身上感到有些飘飘然，睡觉也不踏实了。"假使小尼姑的脸上不滑腻，阿Q便不至于被蛊，又假使小尼姑的脸上盖一层布，阿Q便也不至于被蛊了……"（第四章《恋爱的悲剧》）阿Q由此认识到：女人都是祸水，都是害人的东西，可恶之至。

阿Q　丰子恺作

2. 阿Q有自己的学说："凡尼姑，一定与和尚私通；一个女人在外面走，一定想引诱野男人；一男一女在那里讲话，一定要有勾当了。"（同上）总之，女人总会勾引男人的，男人都让女人教坏了；倘若哪个女人没勾引男人，那她一定是"假正经"。

3. 阿Q虽不识字，但有自己的女性观，这就是"女人祸水论"。除了上面所引的材料外，鲁迅还代阿Q从历史角度总结了一下他的"女人祸水论"："中国的男人，本来大半都可以做圣贤，可惜全被女人毁掉了。商是妲己闹亡的；周是褒姒弄坏的；秦……虽然史无明文，我们也假定他因为女人，大约未必十分错；而董卓可是的确给貂蝉害死了。"（同上）原本好端端的男人，好端端的各朝各代，都让女人这个祸水给弄坏了，弄亡了。

阿Q的"女人祸水论"，其实并不是他发明的，而是千百年来传下的一种封建意识。这种意识从根子上"把女人看做一种不吉利的动物"（《南腔北调集·关于女人》）。阿Q正是这种封建意识的接受者、受害者。

在中国封建社会，礼教压迫妇女，夫权压迫妇女，妇女被看作玩物和传代工具，妇女还要负带坏男人和亡国的责任，这种精神痼疾是我民族的一个很古老的劣根性。这种劣根性于今也没有彻底消除净尽。

"文化大革命"中，黄梅戏演员严凤英被迫害致死。她曾在会上控诉在旧社会受过坏人凌辱，造反派却借此辱骂她："谁叫你长得那么漂亮？谁叫你唱'淫词'黄梅调的！""那些国民党军官、地痞流氓虽说枪毙了，但在某种意义上说是受了你的害！你要是长得不漂亮，不唱戏，他们想得起侮辱你吗？"（吴皓《凡尘仙女严凤英》，人民日报社主办《文史参考》，2010年第11期）这些混账话，可谓阿Q的"女人祸水论"的"文革"版。

十一、奴性

阿Q受审时，"膝关节立刻自然而然的宽松，便跪下去了"。"站着说！不要跪！"但阿Q"总觉得站不住，身不由己的蹲了下去，而且终于趁势改为跪下了"。在场的长衫人物鄙夷地说："奴隶性！"（第九章《大团圆》）

阿Q一见官膝盖就软，让他不要下跪都不行，可见阿Q的奴性已经深入骨髓。自古以来，中国人就富于奴性和"主奴观念"。中国人历来生活在一个等级制度结构当中，对上是奴才，对下是主人。所以鲁迅说："专制的反面就是奴才，有权时无所不为，失势时即奴性十足。……做主子时以一切别人为奴才，则有了主子，一定以奴才自命：这是天经地义，无可动摇的。"（《南腔北调集·谚语》）可见主奴之间是互换的，是一人之两面。阿Q若当了主子，一定也是以别人为奴才的，这是天经地义，无可动摇的。

产生奴性的原因颇为复杂，封建统治，等级制度，特别是满清二百多年的统治，加上近代洋人的压迫，是基本原因。满人入关前，其社会还有奴隶制残余，入关后仍未净尽，这尤其促使中国社会沾染了很重的奴气。清朝统治者推行严厉的文化统制政策，大兴文字狱，使人们不敢反抗，不敢议论朝政，甘当奴才。鲁迅认为，清朝的文化统制政策在造成中国人的奴性方面，起了很大作用，他说：像《东华录》《上谕八旗》《御批通鉴辑览》《雍正朱批谕旨》这类书，"倘有有心人加以收集，——钩稽，将其中的关于驾御汉人，批评文化，利用文艺之处，分别排比，辑成一书，我想，我们不但可以看见那策略的博大和恶辣，并且还能够明白我们怎样受异族主子的驯扰，以及遗留至今的奴性的由来的罢"（《且介亭杂文·买小学大全记》）。

十二、善于投机，造反谋私

阿Q本来对革命是"深恶而痛绝之"的，但看到"革命"能让举人老爷害怕，能让未庄的一群鸟男女们慌张，便赞成革命了，心想："革这伙妈妈的的命，太可恶！太可恨！……便是我，也要投降革命党了。"于是喊起了"造反了，造反了"的口号。又边走边喊："我要什么就是什么，我欢喜谁就是谁。"（第七章《革命》）

阿Q是个投机家，先仇视革命，又想做革命党，又想告发他人是革命党，如何行动全看对自己是否有利。报私仇、分财物、讨老婆、谋权势，是他对革命的理解，是他向往革命的目的。这就是阿Q的革命观，一种投机的自私自利的革命观。辛亥革命的风潮，使革命、造反成为一时风气，但不少所谓"革命者"只是拿革命、造反当谋私之具，他们也像阿Q那样，想的只是"我要什么就是什么，我欢喜谁就是谁"，与真正的革命并不搭边。比如赵秀才和钱洋鬼子名为到静修庵去革命，却拿走了那里值钱的宣德炉。鲁迅在《〈阿Q正传〉的成因》一文里说："民国元年过去了，无可追踪了，但此后再有改革，我相信还会有阿Q式的革命党出现。""文革"时许多造反人物就与阿Q式的革命党相似。如电影《芙蓉镇》里高喊着"运动喽"的王秋赦，就与阿Q有几分相像。

　　除了上述十二条以外，《阿Q正传》所反映的国民劣根性还有一些，细读《阿Q正传》就能看出来，在这里就不一一列举了。

二

　　或问，阿Q这个浑身毛病的家伙究竟是个什么人呢？我们必须老老实实地承认，他是一个炎黄子孙，是龙的传人，是中华民族的成员，是地地道道的中国人，是你，是我，是我们大家。他身上的劣根性，就是我们中国人的劣根性。茅盾先生说得对：阿Q"是中国人品性的结晶"。也许你有这一条劣根性，他有那一条劣根性，你的劣根性多些，他的劣根性少些，但集合起来，就是阿Q的即中国人的全套劣根性。

鲁迅研究家林非先生这样评说阿Q："他作为一个雇农，显得质朴而又狡黠，自尊而又自贱，保守而又趋时，蛮横而又卑怯，敏感而又麻木，充分表现出古老的中华民族中的一个普通成员，在向现代生活秩序艰苦迈进过程中的种种精神态势……"（林非《阿Q70年》序，北京十月文艺出版社，1993年版）是的，这个具有矛盾性格的阿Q是中华民族的一个普通成员，但他又委实"不普通"，因为他是中华民族成员的一个典型，一个代表，一个缩影。他的多重性格，他的多样的劣根性，都具有典型性和代表性。《阿Q正传》展现了这种典型性和代表性。

有人说，阿Q的劣根性，是上中社会阶级的品性，或认为只是统治阶级才有的品性，而一般人民不是那样的。我看这种说法不对。阿Q并不是某个阶级的代表，他是全民性的。正如茅盾所说："所谓'阿Q相'，也就是身受数千年来尧、舜、禹、汤、文、武、周、孔、孟嫡传教育的中华国民的普遍相。"比如精神胜利法，既是统治阶级所具有的，阔人所具有的，也是平民百姓所具有的，卑贱的人所具有的，这就是精神胜利法是全民性。当然，某一种"阿Q相"可能某一部分人多些，某一部分人少些，但总体看，"阿Q相"终究是全民的。因而，改造国民性也就是全民的任务，是需要全民努力的。

中国人的国民劣根性是怎么来的？这个问题相当复杂，不是一两句话能说清的。鲁迅的挚友许寿裳说："（病根）当然要在历史上去探究，因缘虽多，而两次奴于异族，认为是最大最深的病根。"（许寿裳《我所认识的鲁迅·回忆鲁迅》）从历史上去探究病根，无疑是对的，因为历史造就了病根。"两次奴于异族"，指的是元和清的统治，这对于中国国民劣根性的形成，确实是起了巨大作用的，比如奴性的形成。

我想，若综合来讲，从根本上来讲，中国人的国民劣根性的形成，是中国历史上长期封建统治（包括蒙元和满清统治）和帝国主义压迫的结果，是小农经济在中国长期占统治地位的结果（鲁迅把主人公塑造为雇农，大抵因国民性弱点在农民身上表现得尤多），是中国人长期贫穷落后处于屈辱地位的结果，是中华传统文化中的消极成分长期浸润的结果。直到今天，反封建的任务也没有彻底完成，封建幽灵还在或隐或现地游荡。国民劣根性是不容易根除的。

为什么鲁迅要提出改造国民性？一句话，为了"立人"，为了创造现代社会的一代新人。这种人，是没有奴性的人，是有自由精神的人，是不盲从的有独立见解的人，是有科学头脑的人，是富有同情心的善良的人，是真正自尊自信而不慕虚荣的人，是唯物的不迷信的人，是讲卫生的身体强健的人……总之，是与《阿Q正传》所描写的那个具有多重劣根性的阿Q完全不同的人。《阿Q正传》是一面镜子，丑陋的国民性就在这面镜子里，我们可以时常拿出来照一照，自警，自励，努力做一个全新的人。

在鲁迅的全部作品中，暴露和批评中国人劣根性的内容相当多，《阿Q正传》只是其中之一。有人似乎对鲁迅有些不满，说：鲁迅的话多是讲负面的东西，多是尖锐的批评，他好像有点看不起中国人呀，他有多少正面肯定中国人的文章和言论呢？

的确，鲁迅并不是个歌颂家，在他的作品中，嚷嚷"中国精神文明冠于全球"之类的话是没有的，但从他的文章中，哪怕是批评性的文章中，也能感到他对中华民族的高度肯定和深沉的爱。关于中华民族的优点，鲁迅的话虽不多，但说得都很深刻，分量很重。

比如大家熟知的一段名言："我们从古以来，就有埋头苦干的人，有拼命硬干的人，有为民请命的人，有舍身求法的人，……虽是等于为帝王将相作家谱的所谓'正史'，也往往掩不住他们的光耀，这就是中国的脊梁。这一类的人们，就是现在也何尝少呢？他们有确信，不自欺；他们在前赴后继的战斗……"（《且介亭杂文·中国人失掉自信力了吗》）

这段话，是他对中国人积极进取精神的一个有力评价，也是对中国优秀历史人物的一个概括性的评价，实际上也就是对中华民族的一个评价。从这段评价中，我们会油然想到大禹、墨子、孔子、孟子、苏武、司马迁、张衡、霍去病、魏徵、玄奘、诸葛亮、嵇康、岳飞、辛弃疾、文天祥、海瑞、王阳明、于谦、史可法、顾炎武、王船山、黄宗羲、林则徐、魏源、孙中山、黄兴、章太炎，还有鲁迅……看着这一份放射着耀眼光辉的"脊梁人物"的名单，我们怎能会不增添民族自豪感呢？

鲁迅还说过一段重要的话："日本国民性，的确很好，但最大的天惠，是未受蒙古之侵入；我们生于大陆，早营农业，遂历受游牧民族之害，历史上满是血痕，却竟支撑以至今日，其实是伟大的。但我们还要揭发自己的缺点，这是意在复兴，在改善……"（《书信·致尤炳圻》）

这里虽说的主要是汉族，但实际上他肯定了中华民族的伟大。他实际上还回答了自己的作品为什么有那么多暴露和批评国民劣根性的内容，这就是：意在中华民族的复兴，改善。他写《阿Q正传》的目的，也正是"意在复兴，在改善"。是的，若不正视和去除自己身上的癞疮疤，又怎能谈得上复兴和改善呢？

对于中华民族，鲁迅还做过富于诗意的评价："华土奥衍，代生英贤，或居或作，历四千年，文物有赫，峙于中天。"（《且介亭杂文·河南卢氏曹先生教泽碑文》）这是他对中华民族的总评价，字数虽少，字字珠玑，可见鲁迅对中华民族的挚爱。

写在《阿Q正传》发表100周年之际

瓜 葛

不知怎么，读《阿Q正传》时，特别是读到阿Q的革命史，我常常会想起红卫兵和造反派，总觉得他们与阿Q有些瓜葛。读着读着，眼前常常会模糊起来：不知是阿Q戴上了红袖标，还是红卫兵、造反派用竹筷子将辫子盘在了头上。

我确信，他们确实是有些瓜葛，甚至不只是一点瓜葛，而是血脉相通的同一类革命造反族。

姑以鲁迅所谓"学匪派"考据法证之。

革命便是"要武"，便是要革掉坏人的命，而绝不是请客吃饭，绘画绣花之类。红卫兵、造反派做如是想，阿Q更是这种思想的先驱。

阿Q想，"革这伙妈妈的的命，太可恶！太可恨！便是我，也要投降革命党了"。

阿Q是雇农，自然是"根红苗正"，向往革命的，但他的革命思想里却颇有一点红色恐怖的味道。他要屈尊投降革命党，一个主要原因，便是革命实在太痛快了：能"革这伙妈妈的的命"！在阿Q看来，所谓"革命"，就是革掉人命。他不懂得革命与恐怖本是两码事。红卫兵、造反派也不全懂。所以，阿Q和红卫兵、造反派的革命便都很有些阴森可怖。

既要革掉人命，便要动家伙，于是，玄想中的阿Q便让那些与自己一同去造反的革命党，都拿着家伙。据《阿Q正传》说，拿着的有板刀、钢鞭、炸弹、洋炮、三尖两刃刀、钩镰枪什么的。但阿Q本人实际并未使用这些家伙，他只是思想家。而后来的红卫兵、造反派革起命来，则是真的动起了家伙：板刀换成了刮刀，钢鞭换成了皮鞭，三尖两刃刀和钩镰枪不大合用，淘汰了，而炸弹、洋炮则在武斗中大派上了用场。

阿Q的红色恐怖思想，还特别表现在他的滥杀欲上。赵太爷、假洋鬼子等算是压迫阶级，杀了也便罢了，虽然是否都该杀尚属可议；但小D、王胡算什么呢？他也要杀掉。试看阿Q拟定的死刑名单：

> 这时未庄的一伙鸟男女才好笑哩，跪下叫道，"阿Q，饶命！"谁听他！第一个该死的是小D和赵太爷，还有秀才，还有假洋鬼子，……留几条么？王胡本来还可留，但也不要了。

小D，不过是个打短工的"又瘦又乏"的穷小子，与阿Q本属同类，但只因阿Q认为他抢了自己的饭碗，便要格杀勿论。王胡呢，更没有什么大罪过了，不过是与阿Q打过一架，再就是捉虱子时比阿Q咬得响，若论成分呢，闲人而已，全然算不上压迫阶级，但阿Q也要杀之不留。

红卫兵、造反派对于那些"牛鬼蛇神"，那些血统不纯正的，或血统虽然纯正却是"走资派"的家伙，真个是横扫千军如卷席。有人告饶，有人认罪，"谁听他"！要将"横扫"进行到底！

光是革未庄鸟男女们的命，阿Q是绝不满足的。阿Q的远大理想，是当主子，得实惠；实惠便是鲁迅在《圣武》一文里概括的"威福、子女、玉帛"。但阿Q并不曾理会过这个概括，他只办实事儿，只管往自己的土谷祠里搬运革命成果——

> 东西，……直走进去打开箱子来：元宝，洋钱，洋纱衫，……秀才娘子的一张宁式床先搬到土谷祠，此外便摆了钱家的桌椅，——或者也就用赵家的罢。自己是不动手的了，叫小D来搬，要搬得快，搬得不快打嘴巴。……

阿Q似乎没向谁学过抄家的法门，但他无师自通，颇得抄家的精义。元宝是硬通货，自然是首选，阿Q虽一字不识，却颇通晓这个金融知识。宁式床，绝对的富丽堂皇，只在稻草堆里困过觉的阿Q焉能不倾心？官府抄家，财物大抵是要充公的，但阿Q不是公人，而是穷则思变的造反族，所以宁式床一定要搬到土谷祠里去。小D本与阿Q属于同阶级，但他没参加造反，没有当主子的本钱，且又与阿Q有过嫌隙，所以该着这小子流汗搬东西，搬得不快还要打。红卫兵、造反派也有过与阿Q类似的抄家行动，那抄起家来，势头之猛之烈，范围之宽之广，便是堪称"抄家前辈"的阿Q，也要自叹弗如。

理论要联系实惠，造反有理的思想便要联系爱情。阿Q追求吴妈虽然失败了，但不要紧，一造了反，莫说是吴妈，就是周吴郑王诸妈也是会有的。这一层道理，阿Q明晰之至。他筹划着：

> 赵司晨的妹子真丑。邹七嫂的女儿过几年再说。假洋鬼子的老婆会和没有辫子的男人睡觉，吓，不是好东西！秀才的老婆是眼胞上有疤的。……吴妈长久不见了，不知道在哪里，——可惜脚太大。

女人，在阿Q眼里，是不问阶级，只问德言工容的。阿Q一造反，身价暴涨，眼光便也陡然挑剔了起来，未庄权贵的妻女，他是可以随意挑拣的，初恋过的吴妈也大为贬值。红卫兵、造反派比起阿Q来，自然是要讲一点婚姻文明的，但也有些劣种，或霸人妻女，或鼠窃狗偷，明里道貌岸然，实则陈仓暗度。《芙蓉镇》里的"运动健将"王秋赦与李国香的苟合，便是其中的一帧留影。

鲁迅先生说他写阿Q是写了"国人的灵魂"，这话听起来真有点让人汗涔涔发背沾衣。红卫兵、造反派的革命，不正是阿Q式革命的一点余绪吗？试问：阿Q真的像小尼姑所说的那样，断子绝孙了吗？

阿Q的祖宗

　　虽说小尼姑骂了阿Q断子绝孙，但实际上，阿Q的子嗣极多，血脉甚是绵长。我在《瓜葛》一文里，就考证出红卫兵和造反派是阿Q的遗族。近来，我不再查考阿Q的子嗣了，而是查考起阿Q的祖宗来了。

　　阿Q自称姓赵，又自称是赵太爷的本家，我便想，若往远了追，他或许与稍逊风骚的宋太祖有些瓜葛，但终于很失望，没啥关系。其实这倒也自然，赵太爷连阿Q姓赵都不认可，更甭想赵皇帝是他祖宗了。但是，我却发现，阿Q与朱洪武大有关系。我怀疑，洪武爷朱元璋才是他的本家，是他的嫡祖，虽然洪武爷姓朱。

我有重要的证据这么说。

先要读一读《阿Q正传》第二章《优胜记略》。文中，鲁迅是这样介绍阿Q的：

> 阿Q"先前阔"，见识高，而且"真能做"，本来几乎是一个"完人"了，但可惜他体质上还有一些缺点。最恼人的是在他头皮上，颇有几处不知起于何时的癞疮疤。这虽然也在他身上，而看阿Q的意思，倒也似乎以为不足贵的，因为他讳说"癞"以及一切近于"赖"的音，后来推而广之，"光"也讳，"亮"也讳，再后来，连"灯""烛"都讳了。一犯讳，不问有心与无心，阿Q便全疤通红的发起怒来，估量了对手，口讷的他便骂，气力小的他便打……

对于这段介绍，绝不可走马观花，必须细细来读；读了以后，再去对照一下朱元璋的"行状"，便立马可以发现：这个阿Q太像朱元璋了，或是反过来说，那位朱皇帝又太像阿Q了。

对照阿Q，朱元璋也是"见识高，真能做"。他驱逐鞑虏，恢复中华，给汉族人挣足了面子，建立起了明朝大帝国，就像阿Q那样，他也"几乎是一个完人"了。此其一。其二，阿Q与朱元璋都有或曾有过一个颅顶的观瞻问题。阿Q的头皮上有几处恼人的癞疮疤，上面无发，发光。朱元璋也曾有过一个无发、发光的脑袋——他微时做过和尚。本来，朱元璋若是终生为僧也便罢了，但他后来造反发了家，当了皇帝，这曾经的秃头便成了心病，因为在一般平民眼里，光溜溜的脑袋总是不大好看的。

朱元璋与阿Q二人的相似之处，不只这两点，还有更重要的，这就是，他们两人都极端地讳"光"讳"亮"，虚荣，护短；而且，谁若是犯了他们的讳，必遭惩罚——阿Q是非打即骂，朱元璋是让你脑袋搬家。

请看朱元璋是怎样讳"光"讳"亮"，并杀掉犯了他的讳的倒霉蛋的。

明人徐祯卿在掌故笔记《翦胜野闻》中写道：

太祖多疑，每虑人侮己。杭州儒学教授徐一夔尝作贺表上，其词有云："光天之下"，又云：“天生圣人，为世作则。”帝览之，大怒，曰：“腐儒乃如是侮我耶！‘生’者，僧也，以我尝从释也；‘光’，则摩发之谓也；‘则’字近贼。罪坐不敬。”命收斩之。礼臣大惧，因请曰：“愚蒙不识忌讳，乞降表式。”帝因自为文式布天下。

这个“太祖”，就是明太祖朱元璋。杭州府学的教授徐一夔，本来作的是马屁文章，一片好意，但不承想犯了朱元璋的讳，竟遭到了杀身之祸。朱元璋杀人的理由和逻辑是：徐一夔，你说的那个“生”字，是“僧”字的谐音，僧也就是和尚，你这是在讥笑我当过和尚；你说的那个“光”字，是笑话我的和尚头又光又亮，是羞辱我；“则”字，乃是用谐音骂我是贼。如此这般地辱我骂我，岂不正犯了“大不敬”之罪，能不杀你？

天子雷霆一怒，百官瑟缩，鉴于前车之覆，礼部大臣赶紧请示避讳条例。这位朱皇帝也真是把这事儿看得天一样大，竟亲自撰写了避讳条文，对哪些字眼是自己所讨厌的，一一做出了规定，然后传布天下执行。

因犯了朱元璋的秃头之讳而掉了脑袋的，除了徐一夔，还有几个倒霉蛋。清初人陈田在《明诗纪事·甲签》卷六中，记录了多条明朝文人因著文写诗犯讳而被杀的事，其中就有三人是由于犯了朱元璋的秃头之讳。

一个是常州府学训导蒋镇，他在为本府所作的贺正旦表中，写了"睿性生知"一句话，不想犯了忌，被杀头，因为"生知"音近"僧知"，僧即和尚。

第二个是祥符县学训导贾翥，他在为本县作贺正旦表时，写了"取法象魏"一句，被杀，因为"取法"音近"去发"，去发就是剃头当和尚。

第三个是尉氏县学教谕许元，他在为本县作贺万寿表时，写了一句"体乾法坤，藻饰太平"，被杀，因为"法坤"近于"发髡"，而"发髡"就是剃光头。

总起来说，这三人被杀，都是因为犯了朱元璋怕听和尚、秃头一类词的忌。其中那位许元先生，似乎又最冤枉，因为他本是好心给朱元璋祝寿的，在贺万寿表里，他写的肯定都是些"敬祝圣上万寿无疆"之类的拍马文字，但没想到却被马蹄子踢死了。

在官场中，官吏之间发生倾轧，本是再寻常不过的事，但当事者中若有当过和尚的官员，情况就不同了。在朱元璋的眼里，如果哪个人骂了当过和尚的官员，那他一定是在与自己作对，于是骂人者就要倒大霉。清人钱谦益在《列朝诗集·甲集》卷十三《张孟兼传》中，记下了这样一件事：

> 孟兼出为山西副使。布政使吴印，钟山僧也。孟兼负气凌之，数与之争。上曰："是乃欲与我抗耶？"逮赴京，捶之至死。

文中的"上"，即朱元璋。这是说，当过和尚的布政使吴印，与副使张孟兼屡次发生争执，朱元璋不问是非，便疑心张孟兼是在欺辱吴印，进而又认为张孟兼的矛头是冲着自己来的，张孟兼因此死于乱棍之下。

经过若干次的"言秃必杀"的教育，大臣们都被训练得像绵羊一样，因之总是战战兢兢地设法避开那类字眼。但是，也有不小心失口误说的时候。《明史·郭兴传》记了这样一件事：大将郭兴的弟弟郭德成一次侍宴酒醉，脱帽谢恩时，朱元璋看到他的头发又短又少，便说："你这个醉疯汉，头发这样少，是喝酒喝的吧？"郭德成答道："臣也很讨厌这样的头发，剃了它就痛快了。"朱元璋听后默然不语。郭德成酒醒后，猛然醒悟到失言了——说了个"剃"字，他非常害怕，于是"佯狂自放，剃发，衣僧衣，唱佛不已"。朱元璋知道后说："原以为他说的是戏言，没想到真的把头剃了，真是个疯汉。"由这件事可以看出，在朱元璋的忌讳和淫威之下，大臣们是怎样战战兢兢地活着。

从上面这些例子可以看出来，朱元璋真是太在意自己当和尚的那段经历了，他极为自卑地把那段经历当成了自己的"历史问题"，因之几乎患上了"讳僧症"。据我考量，在与秃头有关的字眼中，朱元璋对"僧""生""光""髡"这几个字眼最为敏感，几乎达到了神经质的程度。而他这种近乎神经质的"讳僧症"，竟成了他大兴文字狱的原因之一。

据有个叫陈学霖的美籍华裔学者说，野史稗乘里所记的朱元璋"讳僧"的事儿都不可信，太祖还是堂堂正正地承认自己当过和尚的，所以太祖不会因"讳僧"兴文字狱。对此辩称，我不信服。野史稗乘就不可信吗？退一步说，即使朱元璋自己承认当过和尚，也并不等于允许别人暗地里嘲讽他呀。

对比一下朱元璋与阿Q二人的"讳秃"史，还可以得到一个有趣的发现：二人不但在所讳的字眼上相似，就是在"讳秃"过程上，也极为相似，即他们的避讳，都是从个别字眼往多数字眼发展的。阿Q本来是只讳说"癞"以及一切近于"赖"的音，但后来"光"也讳，"亮"也讳，再后来连"灯""烛"都讳了。朱元璋也与阿Q相同，开始，大抵也只是讳"僧"，进而便讳"生"，再后来连"光""发""髡"也讳了。二人竟像是从一个模子里铸造出来的。看官，您说说，这阿Q的祖宗，不是朱元璋又是谁？

除了讳秃头，朱元璋与阿Q还有不少地方相似。比如，阿Q梦想中的革命，是乱杀一气，不仅杀赵太爷、秀才、假洋鬼子，连与他同阶级的小D、王胡也杀。朱元璋则是在倒元革命中杀鞑子，倒元成功后又杀与他同阶级的革命功臣。又如，阿Q梦想革命成功后，就往自己住的土谷祠里搬运赵太爷家的各种财宝，自己也当财主。朱元璋则是革命后当上了口含天宪的洪武爷，威福、子女、玉帛一样不少，整个天下都归了自己。朱元璋与阿Q这种种酷似之处，都是朱元璋乃阿Q的祖宗之证明。

阿Q与朱元璋，二人竟如此之像，使我油然生出一种推测：鲁迅先生熟读明史，他在写《阿Q正传》时，脑际中恐怕是常晃动着朱元璋的影子的，也许就是把朱元璋做了原型之一的。这也就是说，发现朱元璋是阿Q的祖宗的，鲁迅先生应该是第一人。

《阿Q正传》里的"国骂"

鲁迅先生的小说之所以精彩，一个重要原因是它的情节植根于真实的生活，即使是小说人物的骂人话，也让读者感到真实贴切。《阿Q正传》里人物的骂人话，就是如此。

鲁迅写过一篇《论"他妈的"》，称"他妈的"为"国骂"——因为这种骂人法在中国分布广，使用频度高。在《阿Q正传》里，阿Q就经常使用"国骂"。

鲁迅写阿Q："待张开眼睛，原来太阳又已经照在西墙上头了。他坐起身，一面说道：'妈妈的……'"这是阿Q起床第一件事，先"国骂"。鲁迅又写道："只是没有人来叫他做短工，却使阿Q肚子饿，这委实是一件非常'妈妈的'的事情。"肚子饿了，当然也要"国骂"。鲁迅又写道："不准我造反，只准你造反？妈妈的假洋鬼子……"对欺负过自己的假洋鬼子，当然要"国骂"。鲁迅还写道：阿Q想，"革这伙妈妈的的命，太可恶！太可恨！"对革命对象，当然更要"国骂"。

阿Q所骂的"妈妈的"，实际就是人们熟知的"他妈的"，是"他妈的"之变体，只是省去了人称代词，加了个"妈"字，似乎比"他妈的"温柔了一点，但意思完全一样。这也许是阿Q的家乡未庄的地域色彩吧。

不光阿Q使用"国骂"，未庄的地保、乡民小D也使用"国骂"，开口闭口也是"妈妈的"。

阿Q调戏吴妈之后，地保教训阿Q道："阿Q，你这妈妈的！你连赵家的用人都调戏起来，简直是造反。害得我晚上没有觉睡，你的妈妈的！"

阿Q和小D打架，结束时阿Q威胁道："记着吧，妈妈的……"小D也不示弱："妈妈的，记着吧……"

阿Q、地保和小D都把"妈妈的"挂在嘴边，足见这句骂人话之普及，使用频度之高，不愧是"国骂"。鲁迅让他们用"国骂"来骂人，对于塑造他们地位卑下、言行鄙俗、平庸无聊的形象很有帮助，是极适合这几个小人物的身份的。"妈妈的"是最大众化的骂人话，让大众的化身阿Q来骂，十分的正确和贴切。

《阿Q正传》还写了其他一些骂人话，如"畜生""忘八蛋""断子绝孙"等，这些骂人话与"他妈的"一样，也都分布广，使用频度高，因而也都是"国骂"。

阿Q与小D打架时，骂小D是"畜生"。有人揪住阿Q的辫子说："阿Q，这不是儿子打老子，是人打畜生。自己说：人打畜生！""畜生"一词，几乎是贬损人的极致，汉代有人因挨了这句骂差点自杀。这句骂人话用在阿Q和小D身上，足见他们的地位之卑微。

阿Q调戏小尼姑之后，小尼姑骂了一句："这断子绝孙的阿Q！"在传统观念里，"不孝有三，无后为大"，"断子绝孙"是非常厉害的一句骂人话。因阿Q的地位卑微，所以地位也很卑微的小尼姑才敢用这句狠话骂他。

阿Q向吴妈求爱后，被秀才狠狠地骂了一句："忘八蛋！"秀才还说过："这忘八蛋要提防……不许他住在未庄。"忘八蛋就是忘了"孝悌忠信礼义廉耻"的人，即全无道德的人。这句骂人话"是未庄的乡下人从来不用，专是见过官府的阔人用的"（《阿Q正传·恋爱的悲剧》），秀才是见过官府又熟读儒典的人，所以他骂了这句话。

让不同类型的人骂符合自身特点的话，使其更富于个性，这对于塑造人物形象非常有帮助，会使人物形象更加丰满生动可信，使小说更加切近真实的生活。《阿Q正传》的这种描写方法，是它成功的因素之一。

《论“他妈的”》之余论

“他妈的”这句詈语，颇有些不凡，竟引得大文豪鲁迅先生作了一篇专题杂文《论“他妈的”》。鲁迅惊叹“他妈的”之普及性，遂引古语“犹河汉而无极也”形容之，并讥称之曰“国骂”。据鲁迅分析，这个“他妈的”，本是一个完整句子，经缩简，“削去一个动词和一个名词”，便成了短促简略的三字句。

鲁迅对这一“国骂”的分析，让我不禁想起一个与之相类，且有“第二代国骂”之称的口头禅，这就是近些年来在球场上常能听到的那个“傻×”。这个只好用“塔布”（“禁忌”英文taboo的音译）的办法避去的字，正是鲁迅文中所说的"削去"的那个名词。有人称这句詈语为"京骂"，我以为不够准确，因为它早已漫出京城，普及各地了。按照语言学家的分类，这句詈语属于"性丑语"，基于此，我想把它称为"秽骂"。

考"秽骂"之起源，约略可溯至十九世纪九十年代，发明人大抵是几个球痞。鲁迅说："最先发明这一句'他妈的'的人物，确要算一个天才，——然而是一个卑劣的天才。""秽骂"之发明人，无疑正是这种卑劣的天才。几声最初的"秽骂"，竟演化为大批量红男绿女排山倒海声震九霄的骂詈，若非始作俑者有几分卑劣的天才，哪会造成这种奇哉怪哉的局面？

起初，闻球场"秽骂"事，我总度之为好事者瞎编的段子，然而竟是真的！我顿生奇耻大辱之感。

性丑语，依我文明之邦的老例，总是应该尽力避讳的，特别是于正规场合，于稠人广众间。"他妈的"，其实也正是部分避讳的结果：尽管脏字犹存，但毕竟稍稍干净些。古来江湖上有所谓"切口"，即隐语，也总是力避性秽语。记录"切口"的书，如明代《行院声嗽》有"身体门"，称尿为"碎鱼儿"，放屁为"撒迸"，并不让人觉得污秽。民国吴汉痴所编《切口大辞典》，记有很多娼妓业"切口"，如"八大胡同妓院之切口""长三书寓之切口""雉妓之切口"等等，但绝不直言"秽骂"中的那个字。

再阅中国古典小说，除去张南庄那部描摹鬼物世界的《何典》用过几次"×"字外，大多数提到男女性事时，都不用那个字。连素有所谓"淫书"之称的《金瓶梅》，甚至也有避秽就雅的考虑，如所言"王鸾儿""那话"之类就是男根的隐语。《红楼梦》乃爱情小说，自然要写性爱，但写到床笫之事时却总以"云雨"等隐语来表达，如"贾宝玉初试云雨情"等。只是第二十八回写到众人行"女儿酒令"时，雪芹先生才让薛蟠说了句口无遮拦的下流话，但那是为刻画薛蟠这个呆霸王的无赖相。

看到先人竟是如此力避淫秽，至少是遮蔽淫秽，再反观一下而今那秽声"直上干云霄"的骂詈，真不知时光是向前走还是倒着转。在古人面前，我深感羞辱，倘若平康里的风尘女子嘲笑我们不如她们"含蓄"，我们又复何言！

那些造字和编字书的古圣先贤们，对于性丑语，造不造，收不收，恐怕也从秽洁的角度考虑过，对于那种实在污人眼目的脏字秽语如何处置，他们大抵也是很为难的。《淮南子》云，仓颉造字时，"天雨粟，鬼夜哭"。据博识家推断，这是仓颉造脏字时的情形——圣人不安，一切反常，连鬼神也怆然泣下。许慎老先生著《说文解字》时，恐怕也曾为是否收入一些性丑语犯过难。秽骂里的那个字，从尸，必衣切，但《说文》"尸"部里却没有。莫非是汉朝还没有出现那个词？我猜想，更可能的是许老先生羞于收那个字。

敦煌卷子里有篇《天地阴阳交欢大乐赋》，里面有不少粗口荤段，敦煌学家为研讨古时社会生活，拟从古字书里查出这些粗口荤段，但是查不到。很可能是字书编纂家在避秽趋洁。打从仓颉造字，避秽趋洁恐怕就是中国造字家、字典家的一个风尚，甚或是一个行规，其中起支配作用的观念，大概就是一个"耻"字。

遥想古圣先贤造字编书时的苦心孤诣之状，我又为今人多了一层耻辱感。固然，我们不会编字书，但我们是识文断字有文化的人呀，怎么就喊得出那个斯文扫地的字眼呢！

外国人是否也有类似我们的骂詈？鲁迅在《论"他妈的"》里考察过这个问题。他说，就闻见所及，挪威小说家哈姆生写的小说《饥饿》，粗野的口吻很多，但不见"他妈的"及相类的话，高尔基的小说中多无赖汉，也没有这类骂法。唯有个叫阿尔志跋绥夫的俄国小说家写的《工人绥惠略夫》里，有一句"你妈的"。鲁迅的看法是，外国人是不大骂"他妈的"一类脏话的。北大李零教授写过一篇《天下脏话是一家》，举出外国也有类似"秽骂"的话，如美国人有个词是 stupid cunt，就是球场"秽骂"那个意思。但是，词义虽相同，美国人却没有在看球时大喊大叫那个词。看来，在"秽骂"问题上，我们的月亮还真不如外国的圆。华人与狗不许进公园，国人视为国耻，然"秽骂"干云，难道就不是国耻吗？

以"国骂"辱人，最易陷入自辱之境。鲁迅在杂文结尾处写道："我曾在家乡看见乡农父子一同午饭，儿子指一碗菜向他父亲说：'这不坏，妈的你尝尝看！'那父亲回答道：'我不要吃。妈的你吃去罢！'则简直已经醇化为现在时行的'我的亲爱的'的意思了。"这一双父子，初意自然不是辱骂对方，甚至还是想昵称对方，但一用性丑语，便造成了实质上的辱人兼自辱。"妈的你尝尝看"——这位公子也不思忖一下，你对父亲说"妈的"，你不就成了乱伦一族了吗？这不是自取其辱又是什么？

球场"秽骂"，其实也正与这双父子相仿佛，看似辱人，实则自辱。此"秽骂"原本是标准的既黄色又粗野的江湖秽语、流氓语言，其原始含义中含有浓烈的性犯罪倾向，而骂者竟于稠人广众之中，光天化日之下嘶之喊之，这不是自取其辱又是什么？

近些年来，街痞主义肆行，粗口淫语大有涓涓细流汇为排空浊浪之势，不只在球场，网络、手机上的各种性丑语，也如害河决堤，九州乱注。以往只流行于贩夫走卒土棍无赖之口的口头禅，如今成了许多衣冠人士钟爱的"绝妙好词"。耻字，在芸芸国民中黯然褪色。倘若鲁迅活到现在，说不定会再写一篇类似《论"他妈的"》那样的杂文讥刺之。

今天提倡"八荣八耻"，善哉！倡导知耻，自古而然。古代大政治家管仲认为，"礼义廉耻，国之四维"。四维者，四根立国的大准绳、大精神支柱也。此虽为古代标准，却不失现代意义。四维之中，我以为耻是底线，按照孟子的说法，人若无耻，便与禽兽无异。

图书在版编目（CIP）数据

读鲁迅 / 李乔著. — 北京：文津出版社，2021.6
ISBN 978-7-80554-747-3

Ⅰ．①读… Ⅱ．①李… Ⅲ．①鲁迅研究—文集 Ⅳ.
①I210-53

中国版本图书馆CIP数据核字（2020）第266236号

出 品 人：安　东　高立志
责任编辑：高立志　罗晓荷
责任印制：陈冬梅
封面设计：高静芳
封面集字：鲁迅手书

读鲁迅
DU LU XUN

李乔　著

出　　　版：北京出版集团
　　　　　　文津出版社
地　　　址：北京北三环中路6号
邮　　　编：100120
网　　　址：www.bph.com.cn
发　　　行：北京出版集团
印　　　刷：北京华联印刷有限公司
经　　　销：新华书店
开　　　本：880毫米×1230毫米　1/32
印　　　张：8.125
字　　　数：120千字
版　　　次：2021年6月第1版
印　　　次：2021年6月第1次印刷
书　　　号：ISBN 978-7-80554-747-3
定　　　价：58.00元